歌德抒情诗文本研读

李惠敏 刘国利 赵昉 著

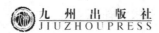
九州出版社
JIUZHOUPRESS

图书在版编目（CIP）数据

　　歌德抒情诗文本研读 / 李惠敏，刘国利，赵昉 著.
-- 北京：九州出版社，2020.6
　　ISBN 978-7-5108-9208-0

　　Ⅰ . ①歌… Ⅱ . ①李… ②刘… ③赵… Ⅲ . ①歌德
(Goethe, Johann Wolfgang Von 1749-1832) —抒情诗—诗
歌研究 Ⅳ . ① I516.072

　　中国版本图书馆 CIP 数据核字 (2020) 第 105577 号

歌德抒情诗文本研读

作　　者	李惠敏　刘国利　赵昉　著
出版发行	九州出版社
地　　址	北京市西城区阜外大街甲 35 号 (100037)
发行电话	(010)68992190/3/5/6
网　　址	www.jiuzhoupress.com
电子信箱	jiuzhou@jiuzhoupress.com
印　　刷	北京厚诚则铭印刷科技有限公司
开　　本	787 毫米 ×1092 毫米 16 开
印　　张	11
字　　数	160 千字
版　　次	2021 年 6 月第 1 版
印　　次	2021 年 6 月第 1 次印刷
书　　号	ISBN 978-7-5108-9208-0
定　　价	48.00 元

作者简介

李惠敏，女，1973年10月出生，河南省许昌市，毕业于河南大学，硕士研究生学历，现任河南理工大学副教授，硕士生导师。研究方向：外国文学研究。主持和参与国家级、省部级6项，主持河南省哲学社会科学项目2项，厅级项目10多项，发表论文十余篇。

刘国利，男，1963年7月出生，河南省焦作市人，毕业于河南大学，硕士研究生学历，现任河南理工大学任副教授，硕士生导师。研究方向：外国文学理论。主持并完成河南省哲社项目一项、河南省教育厅项目和省社科联项目多项，发表论文（著）二十余篇（部）。

赵昉，女，1963年2月出生，河南省修武县人，毕业于河南师范大学，硕士研究生学历，现任河南理工大学任教授。研究方向：外国语言文学。主持并完成河南省教研科研项目两项，发表论文二十余篇。

内容简介

　　提及歌德，人们最容易想到的是他的《铁手骑士葛兹·冯·贝利欣根》《少年维特之烦恼》和《浮士德》。其实，作为德国历史乃至欧洲历史上最有影响力的思想家和文学家之一，歌德在抒情诗创作上的贡献亦不容小觑。

　　本书以欧洲文学的发展轨迹为基本思路，结合歌德的"泛神论"哲学思想和其在"狂飙突进运动"中的文学主张，以德国"古典文学"创作理念与审美为基本线索，对歌德在不同时期创作的抒情诗歌进行了较为细致的研读与分析。在继承和汲取前人研究成果的基础上，本书注意将作者的创作动机和文本相结合，努力走出一条既注重作者个人生活经历，也看重理论及思想体系的研究之路。

目 录

I. 现代诗歌理论视阈下歌德抒情诗中的精神追求与自我展现

——以抒情短诗《五月之歌》《欢会与别离》为例

    歌德1749年出生于法兰克福，1832年病逝于魏玛公国。从1767年创作《喜悦》起，歌德叱咤德国文坛长达60余载。除去大部头作品和文论等，目前存世的歌德抒情短诗就有2500余首。但是，长期以来，中国读者对歌德及其作品的理解却存在有不小的偏差。反映在对歌德及其作品的整体把控上，中国学界过多将注意力集中在了歌德的戏剧作品《铁手骑士葛兹·冯·贝利欣根》、小说《少年维特之烦恼》《威廉·麦斯特》和诗体哲理悲剧《浮士德》上，对于歌德的其他作品如抒情短诗，则缺乏足够的关注。

    歌德的诗歌作品不仅是歌德思想智慧的结晶，而且富含作者个人生活的丰富经历。精神追求和丰富人生实践的有机融合与汇集，构成了歌德诗作的显著特征，使得歌德诗歌作品具有极强的时间顺序，传统的诗歌场景叙述模式被淡化处理，富含哲理和高深审美的高雅之音得以在更加广泛的人群中传诵。时间元素的鼓凸和场景元素的隐身构成了歌德诗歌作品的一般特征，在长篇叙事诗中是这样，在抒情短诗中也是这样。需要指出的是，歌德叙事诗和抒情诗并非泾渭分明，由于具象生活经历和抽象思维的同时介入和存在，歌德叙事诗和抒情诗之间并无不可逾越的壁垒。以歌德的爱情诗、哲理诗（抒情短诗）和叙事诗（长篇和短篇）为例，叙事和抒情均在其中起着不可或缺的作用。叙事诗《魔王》《赫尔曼和多罗泰》《莱涅克狐》，爱情诗《二裂叶银杏》，哲理诗《个体与全体》等通过强调时间顺序的描写，实现了对德国古典文学优秀传统的继承和突破。尤其是叙事诗《赫尔曼和多罗泰》，通过这样的手段，更是以古希腊史诗的质朴风格歌唱了一曲现代爱情故事。《赫尔曼和多罗泰》注重展现人物淳朴善良的心理和性格特征，把一个简单的爱情故事叙述得细腻、生动、感人，是歌德少有的自认为满意的作品。

歌德及其作品自洋务运动时期开始传入中国。长期以来，经过中国数代歌德研究者的共同努力，歌德 2500 余首抒情诗均已被译成中文，对中国各个时期的文学人群均产生了深远的影响。尽管如此，中国学界对歌德抒情诗的研究力度依然不够，对于大多数中国读者来说，歌德抒情诗中的思想元素和审美元素依然陌生。造成这一结果的原因很多，狭窄而单一的社会批评学研究理论与方法在此中难辞其咎。社会批评理论强调文学的道德与伦理功能，淡化处理文学的审美价值，使得诗歌鉴赏与评析严重偏离文学的根本，极易造成人们对文学根本属性的误读。

众所周知，歌德的主要文学成就集中在其对德国古典文学的继承与突破上，仅将注意力集中于戏剧作品《铁手骑士葛兹·冯·贝利欣根》、小说《少年维特之烦恼》《威廉·麦斯特》和诗体哲理悲剧《浮士德》上不能概括和总结歌德及其作品的主要特征。从《歌德谈艺录》等回忆文章中我们知道，歌德本人对倾注了大量心血的上述作品固然偏爱有加，但是，对于自己创作的海量抒情短诗，歌德本人也同样视为自己辛勤创作活动的结晶。通过创作抒情短诗，歌德记录了自己高深思想动态的变化过程和个人真实生活的点滴，是人们全面解读歌德作品乃至德国文学不可多得的宝贵资料。

歌德感情丰富，一生经历了丰富多彩的爱情和友情生活。歌德的爱情经历在歌德的抒情诗中大都留下了显著的痕迹，以《罗马哀歌》为例，这首诗歌歌颂性爱，以揭示真实人性为目的，不仅突破了德国古典文学要求节制和规矩的限制，而且带有显著的自传性质。德国古典文学追求理性，不提倡感性的释放与表达。歌德抒情诗虽然以阐释哲理著称，但在枯燥的阐释中却被作者加进了诸多感性元素，歌德抒情诗的最大特点也因此而充满生活的情趣。

歌德一生著述丰富，单以抒情短诗论，能够反映歌德文学创作主要特征的佳作即不胜枚举。在众星闪烁的诗歌王国，尤以《五月之歌》熠熠生辉。《五月之歌》不仅记录了歌德高雅的精神追求，也是作者个人真实生活情感的忠实记录。通过对隐喻这一创作手法的改造性运用，歌德实现了对古典传统诗歌叙述模式的根本性改变。

《五月之歌》采用民间歌谣的艺术手法，同时注意隐喻的现代写作技巧，把抽象的精神和思想转化为对大自然的具象之爱，最终实现了俗世情感由感性到理性的升华。值得指出的是，《五月之歌》隐喻技巧的运用分为两个层面。第一个层面是传统模式，即隐喻在一个句子中通过传统的方式得以实现。第二个层面是创新模式，即隐喻在整首诗歌中通过结构转换的方式得以实现。在诗歌的前三个段落，诗人通过"原野含笑""万籁俱唱"和"大地幸福、太阳欢欣"实现了传统隐喻手法的描写，在整首诗歌中，诗人通过自然之爱——男女之爱——精神之爱实现了创新隐喻手法的描写。换言之，在对隐喻这一诗歌基本创作手段的运用中，歌德提前进入了结构主义诗歌的创作模式。

《五月之歌》共有 36 行，内容涉及尘世之恋、自然之情和上帝之爱。大自然是德国民间传统歌谣习惯表现的内容，歌德此举深受当时自己思想动态变化的影响，是作者写作本诗前研读德国民间文学和国外先进诗歌理论与方法的直接结果。《五月之歌》创作完成于 1771 年 5 月，1770 年 4 月，歌德进入斯特拉斯堡大学读书，在那里，荷马和莎士比亚对歌德产生了重要影响。年轻的诗人开始相信，将自然当作诗歌的主要元素是将德国古典文学向前推进的最直接和最有效的方法。之所以得出这样的结论，一是因为《五月之歌》富含自然主义和"泛神论"的元素，二是因为在此之前，歌德的诗歌作品并无显著的个性色彩。歌德此前创作的作品虽然显露出了作者无限的诗歌天赋，但在整体感觉上却还是模仿痕迹明显，并无突破德国传统文学的束缚和超越前人的成就。

歌德对自然的描写充满主观之爱。即便是纯粹的客观描写，人们也能从中捕捉到作者的身影。《五月之歌》对德国古典文学的突破表现在多个方面，赋予大自然以人的精神和品质是其中主要的标志之一。歌德对大自然的爱抒发得妥协自然，使用的主要方法就是拟人。拟人是《五月之歌》中隐喻这一创作方式的构成部分，通过拟人写作手法的运用，隐喻得以在诗歌的第一部分成功实现：

自然多明媚，向我照耀！

太阳多辉煌！原野含笑！

千枝复万枝，百花怒放，

在灌木林中，万籁俱唱。

人人的胸中＼快乐高兴，

哦大地、太阳！哦幸福、欢欣！

  歌德自己曾经说过："我写诗向来不弄虚作假，凡是我没有经历过的东西，没有迫使非写诗不可的东西，我从来就不用写诗来表达它，我也只在恋爱中才写情诗 。"的确，作为一首描写爱情的诗，歌德在《五月之歌》中确实忠实记录了自己的爱情。根据歌德自述和同时期文人的回忆文章我们得知，歌德的《五月之歌》是专为塞森海姆乡村牧师的女儿弗里德莉克·布里翁而写。关于歌德与弗里德莉克的爱情，世人依照自己的理解而持有各种各样的甚至是针锋相对的观点。但是，有一个无可辩驳的事实却是，在歌德与弗里德莉克的初恋阶段，诗人对这段爱情寄予了最美好的理想。在《五月之歌》中，歌德通过隐喻的写作手法，将他和弗里德莉克的尘世之爱由自然之情提升为纯粹的上帝（精神）之爱。

  弗里德莉克·布里翁是歌德的第二个爱慕对象。陷入爱河之时，歌德已从与自己的初恋情人凯卿·荀科普失败的恋爱阴影中走出。此时的歌德青春年少，创作的诗歌深受安纳克利翁"泛神论"的影响。此时的歌德将描写对象皆视为知音，认为世间万物与自己都有着心灵的沟通。

  在自然之美的衬托下，诗人向世人展示了自己甜蜜而美好的爱情。爱情作为诗歌描写的永恒主题，在歌德的《五月之歌》中得到了全新的拓展与提升。拓展体现在对爱情的描写方法和描写内容上，提升表现在对爱情的崭新定位上。《五月之歌》中的爱情跨越了人性之爱的狭隘与局限，自然之美和精神之爱被巧妙地裹挟其中。歌德的《五月之歌》让人愿意相信，自然之美因为人世之恋而有了灵魂，精神之爱因为有了大自然和人类俗世情感的参与而显得格外随和、亲切和自然。在人与自然、此岸世界与彼岸世界之间，歌德通过《五月之歌》

搭建起了一座宽阔的桥梁。

在歌德的眼中，漂浮于山顶的朝云之所以灿烂如金，膏田沃野和大千世界之所以花香馥郁，都是因为得到了尘世间爱情的滋润与祝福。美好的爱情是两情相悦，一句"我多爱你"和"你多爱我"打破了传统诗歌爱情描写多以"我"为中心的自私模式，瞬间实现了对固定思维的跨越。歌德和弗里德莉克·布里翁的爱情虽然并未持续很久，多情的诗人此后不久就选择了分手，并很快对别的姑娘产生了爱慕之情。但是，《五月之歌》却以无可辩驳的事实证明，恋爱中的歌德对弗里德莉克·布里翁献出的是真实而美好的情感。这份情感炽着而淳朴，不仅由此激发了歌德对大自然的爱，而且让诗人读懂了纯粹的精神之爱。尘世之恋、自然之美和精神之爱在这里合而为一，构成了歌德爱情诗独特的叙述模式。把尘世之恋、自然之美和精神之爱的描写分开研读，得出的结论是歌德是一个合格的德国古典文学继承者。把尘世之自然之美和精神之爱的描写综合分析，得出的结论是歌德是一个德国古典文学的超越者。谈及歌德对德国古典文学的影响与贡献，此中必定包含着这两个方面的内容。

> 哦，爱啊，爱啊，灿烂如金，
> 　你仿佛朝云＼飘浮山顶！
> 　你欣然祝福＼膏田沃野，
> 　花香馥郁的＼大千世界。
> 啊，姑娘，姑娘，我多爱你！
> 　你眼光炯炯，你多爱我！

《五月之歌》朗朗上口，口语化色彩明显，但却并非直接取材于民间歌谣。《五月之歌》是歌德与弗里德莉克·布里翁在林荫小道上散步时的即兴之作，虽然充满空灵之美，但却具有令人印象深刻的具象特征。诗歌描写的云、山顶、膏田沃野和姑娘的目光，皆是写实与写意的混合。创作《五月之歌》时的歌德迷恋于德国通俗文学的魅力，一心要在民间歌谣中寻觅到创作的题材和灵感。

《五月之歌》的第三部分描写的是歌德与弗里德莉克·布里翁的俗世情感。

按照这样的研究结论，《五月之歌》第二部分末尾四句应该划归到诗歌的第三部分。这样的观点虽有一定道理，但却打破了《五月之歌》整首诗歌的格局，在欣赏习惯上也不符合大众的口味。作为一个正努力学习和借鉴德国民间文学的诗人，歌德恐难做出这样的选择。《五月之歌》共有三个基本段落，每个段落包含12个诗行。从歌德在这一时期刻苦研读莎士比亚的十四行体诗歌来看，作者本人也应该更加在乎诗歌的形式之美。以歌德本人的性格来论，诗人一辈子注重服饰外貌，极其讲究生活的秩序和细节，不规则的诗歌外在表现形式不该是作者的首选。退一步讲，《五月之歌》的第二部分末尾四句虽然描写的是男女之情，但在内容上与第二部分主要描写的上帝之爱之间也有清晰的逻辑和因果关系。俗世情感在精神之恋的映照下熠熠生辉，呈现出了超凡脱俗的美好。诗人的炽热表白和姑娘的炯炯目光都是二人由俗世之恋进入到精神之恋的明证。对于整个《五月之歌》的第二部分来说，第一和第二段落是"因"，第三段落是"果"。

《五月之歌》中包含有多个层面的情感与爱恋。很难说清楚诗歌所描写的多层面的情爱孰高孰低，孰俗孰雅。诗歌三个部分的划分依据的仅是一个笼统的标准，实际上，在描述自然之美和精神之恋的第一和第二部分中，作者并没有忘记对尘世爱情的歌颂。在诗歌的第三部分，诗人虽然将重点转向了对尘世爱情的描写，但自然之美和上帝之爱的诗歌元素在其中却也是清晰可见。在这里，凌空高唱的云雀和第二部分漂浮于山顶的朝云一样具有无可辩驳的精神气质，代表的是不食人间烟火的纯粹的爱情。

歌德与弗里德莉克·布里翁的爱情由于繁琐社会因素的干扰而夭折。世人曾经责备歌德的背叛和不忠，岂不知歌德在爱情上的退缩恰是为了维护爱情本身的纯洁。在歌德的眼中，俗务会玷污精神世界的美好，真正的爱情和精神世界的美好原本应该共存共荣。带有瑕疵的爱情不是歌德的理想，诗人想要得到的是集自然、情感和纯粹精神与一体的完美情感。通过《五月之歌》，歌德不仅记录了他与弗里德莉克·布里翁的美好初恋，而且具体描绘出了他对完美爱情的理解。《五月之歌》虽然是一首记录年轻歌德一段爱情经历的诗歌，但实际达到的目的却远远超越了这一界限。以现代诗歌理论和现代审美标准论，《五月之歌》实际是歌德抽象审美观的具象阐释。通过对三种情感的尽情讴歌，歌德系统解释了他对美的本质的认识。《五月之歌》虽然取材于歌德一次普通的恋爱，诗歌的魅力却并非仅生于对爱情的歌颂，厚重和深刻才是《五月之歌》得以在世界范围内被广泛传唱的根本原因。缺少了对自然和纯粹精神的描写，《五月之歌》中的爱情将变得普通，缺少了爱情元素的滋润，《五月之歌》中的自然将变得干瘪，精神之恋更将索然无味。

　　一般认为，歌德在《五月之歌》中是通过自然和精神衬托爱情的美好，是要把一段俗世情感提升为永恒的精神之恋。在歌德主要生活的 18 世纪，柏拉图主张的纯粹爱情毕竟有着广阔的市场。但是，这样的观点虽有道理，却也存在着逻辑上的纠结和情感上的迷失。无论是从《五月之歌》的文本来看，还是依据歌德本人自己的陈述，皆没有证据证明《五月之歌》类属于这样的结构。从全部 36 行诗歌文本来看，歌德在《五月之歌》描写的重点更应该是美丽的自然和高洁的精神，即使是恋爱中的抒情主人公和多情的姑娘，也可视作是烦恼人生的对立存在。"五月之歌"因恋爱而起，但最终歌德却把它献给了上帝。

　　　　　　　像云雀喜爱、凌空高唱，
　　　　　　　像朝花喜爱、天香芬芳，
　　　　　　　我这样爱你，热血沸腾，
　　　　　　　你给我勇气、喜悦和青春，
　　　　　　　使我唱新歌，翩翩起舞，
　　　　　　　愿你永爱我，永远幸福！

　　少年歌德体弱多病，超出常人的知识储备和敏感性格让歌德的早期诗歌作品带有让人不易觉察的感伤与怀疑。歌德与弗里德莉克·布里翁的爱情虽然美好，但却充满曲折与阻碍。《五月之歌》虽然描写的是幸福和欢乐，但在幸福和欢乐的背后，却也有诗人的焦虑与不安。这种焦虑与不安在《五月之歌》中直接幻化为强烈的祝福和深深的祈祷，诗句"……给我勇气、喜悦、青春"和"愿你永爱我，永远幸福"即是有力证明。

美好事物总是有危险陪伴，浓郁的忧患意识因此构成了歌德抒情诗的显著特征。和《五月之歌》几乎创作于同一时期的诗歌《欢会与别离》也是歌德献给自己恋人弗里德莉克·布里翁的诗歌，单从《欢会与别离》的题目就能发现，即使是幸福进在身边，歌德也能够感觉到灾难的存在。在《欢会与别离》中，抒情主人公在与自己的心上人约会之时，周围的景色呈现出的是与抒情主人公截然对立的情绪。在"欢会"的路上，诗人的内心想到的不仅是"欢会"的幸福，而且还有"分离"的痛苦。这种痛苦在诗歌中虽然被作者描写为一种难舍难离的情感，但却并没有完全遮盖住诗人的失落与忧愁。除了幸福和欢乐，在《欢会与别离》中歌德看到的还有挂起了夜幕的群山、躲在黑暗中窥视的橡树林、凄然观照的月亮、发出哀嚎之音的晚风和苦痛的、含着泪珠的眼睛。作为恋爱中人，歌德的本意是要在《欢会与别离》中描写爱情的美好。为了这一根本目的的实现，歌德的《欢会与别离》刻意掩饰自己的忧患意识，一再强调周围带有敌意的景物并不能影响到他幸福的心情：

> 我的心在跳，赶快上马！想到就做到，毫不踌躇；
> 　黄昏已摇得大地睡下，群山全都挂起了夜幕。
> 　　橡树已经披上了雾衣，仿佛岿然的巨人，
> 黑暗从橡树林路林中窥视，张着无数黑色的眼睛。

> 　月亮出现在群峰之上，透过了雾纱凄然观照，
> 晚风鼓起轻捷的翅膀，在我的耳边发出哀嚎；
> 黑夜创造出无数妖魔，我的心情却非常振奋：
> 我的血管里好像着火！我的心房里烈焰腾腾！

> 　见到你，你甜蜜的眼光 就灌给我柔和的欢喜；
> 我的心完全在你身旁，我一呼一吸都是为你。
> 　玫瑰色的艳丽的穿管 烘托在你花荣的四周，
> 你对我的柔情——啊，上苍！我虽巴望，却无福消受！

可是，随着熹微的晨曦，离愁已充满我的心中：

你的亲吻含多少欢喜！你的眼睛含多少苦痛！

我走了，你低垂着眼皮，又目送着我，噙着泪珠：

不过，被人爱，多么福气！而有所爱，又多么幸福

与《欢会与别离》相比，《五月之歌》将忧患意识隐藏得更深。两首诗歌的共通性存在于诗人对周围事物的敏感性上。无论歌德怎样注意抒发自己的情感，周围的客观存在总是陪伴在抒情主人公的左右。周围事物从抒情主人公的主观感受中获得生命和灵魂，抒情主人公从周围事物这里获得理性的思考和神性的启迪。主观感受和客观描写相辅相生，为歌德抒情诗创造出了巨大的文学张力。虽然描写的是古老而单一的爱情，抒情短诗却依然现出了厚重而丰富的内涵。

歌德的抒情诗以爱情描写居多。与传统写法不同，歌德的爱情诗拒绝叙述他人的故事，描写的基本都是自己的真实经历与感受。作者和抒情主人公的合体令作者和读者之间的沟通显得更加顺畅和直接，作品的艺术魅力大大加强。

在《五月之歌》与《欢会与别离》中，歌德描写的爱情并非单纯的自我感受。两首诗歌不约而同地都将男女彼此相爱看成是甜蜜爱情的保证。对于诗歌作者来说，诗歌中第三方的存在同样重要。以此来论，歌德抒情诗既反映出了歌德的善良与仁爱，也打破了传统爱情诗中的"唯我独尊"。歌德的爱情诗在这样的框架下已然超越了爱情诗的界限，成为了一种意义和审美都更加深远的小体制史诗。人们在《五月之歌》和《欢会与别离》中看到和欣赏到的并非仅仅是歌德的爱情故事，意义更加深远的人性之美才是歌德爱情诗经久不衰的真正原因。在对爱情的定位上，歌德并未拒绝人性的本能和欲望。本能和欲望在《五月之歌》和《欢会与别离》两首诗歌中具体体现为抒情主人公的热情，这种热情虽然被作者做了巧妙的遮掩，但却依旧焕发出人性的光辉。一般来说，歌德心目中的理想爱情多会接受理性的约束和控制，尽管如此，歌德却并不因此否定爱情的欲望。在另外一些描写爱情的诗歌中，歌德大胆将笔触伸向性欲描写的禁区，突破了欧洲中世纪以来的种种障碍。《五月之歌》和《欢会与别

离》虽然没有涉及赤裸裸的性欲，但对尘世之恋的颂扬和将尘世之恋与自然之情和上帝之爱相提并论的结构设计，却充分显示出了歌德对于理想爱情的潜在思维意识。毋庸置疑，《五月之歌》和《欢会与别离》如果缺少了人性的描写，自然之光和上帝之光都将黯然失色。

大自然是歌德抒情诗中的重要元素。作为爱情描写的衬托，《五月之歌》和《欢会与别离》中的自然物被赋予了浓郁的主观情感色彩。在歌德的笔下，大自然不再是纯粹的客观存在，它们不仅与抒情主人公同悲同喜，而且也时常扮演诗人主观感知的对立者。在现代诗歌理论视阈下，大自然被赋予了更加复杂的内涵，纯粹的美好并非其所具有的唯一内涵。

《五月之歌》和《欢会与别离》皆是歌德根据自己的真实生活经历而作。对生活的真实记录和对自己精神追求的系统描述是这两首诗歌取得巨大成功的关键。爱情作为《五月之歌》和《欢会与别离》中的显著元素，在诗歌中既具物质属性，也有精神特质。通过理性且感性的爱情描写，歌德将精神和物质两个对立的存在毫无痕迹地糅合为一个囫囵的整体。通过《五月之歌》和《欢会与别离》两首诗歌，歌德为世人留下了自己的清晰生活轨迹和复杂的心路历程。

歌德的《五月之歌》和《欢会与别离》虽因爱情而作，但描写风格和手法却与传统爱情诗有着巨大的差别。歌德在两首诗歌中将人类情感分为不同的层次，暗合了现代诗歌理论中所提出的审美的差异性主张。现代诗歌理论肯定隐喻在诗歌创作中的重要地位，认为隐喻的实质虽然是借助一类事物理解和体验另一类事物，但隐喻的实质却只能是思维而不是语言本身。歌德不刻意夸大人类审美的差异性，常借助隐喻和拟人的手法自由转换人类不同的审美体验。在歌德的笔下，人类审美的层面虽有不同，但却可以实现没有障碍的交流与沟通。在《五月之歌》中，歌德通过隐喻的艺术手法将自然之美、俗世之恋和神性之爱巧妙地糅合在了一起。在《欢会与别离》中，歌德的笔端游移于幸福和忧愁之间，通过拟人的艺术手法精准阐释了欢乐和悲伤诗歌元素的共性。

与《欢会与别离》相比，《五月之歌》的结构和思想显得简单而纯洁。《五月之歌》没有了对未来的忧虑，叙事和抒情皆以时间和空间为坐标展开。时间元素在诗歌中体现为五月和五月的风景，空间元素在诗歌中体现为诗人的浪漫与激情。歌德无疑对弗里德莉克·布里翁怀有深厚的感情，单以《五月之歌》的文本信息来论，歌德在这里称得上是以一个爱情至上主义者。《五月之歌》的艺术成就主要体现在诗人对环境和抒情主人公之间和谐关系描写上，环境因爱情而优美，爱情因环境而甜蜜。没有私欲的爱情和没有瑕疵的风景歌颂了人类最美好的感情，赞美了未有人类干预的纯粹大自然的淳朴与善良。歌德的审美灵感在《五月之歌》中来自他一生尊奉的"泛神论"哲学观点。"泛神论"并不拒绝承认上帝意志的存在，"泛神论"与传统基督教会的分歧仅在于对纯粹自然和人类天性美好品质的认可程度。《五月之歌》中情感和景物的描写均没有超越情感和景物本身，主客观描写均在这有限的却又是无限的空间内展开。

《五月之歌》简单的结构和淳朴的思想并没有影响作品的厚重和深远。原本美丽的大自然因为美好爱情的存在而变得富有灵气，简单的结构和淳朴的思想叠加在一起，直接促成了事物的质变。在《五月之歌》中，"五月"代表自然，"歌"代表爱情。自然与爱情的结合，不仅记录了歌德与弗里德莉克·布里翁的人生轨迹，而且反映了歌德基本的哲学主张和审美体验。貌似无知无觉的大自然怀有灵动之心和敏感之魂，与人的主观感受息息相连。纯粹精神仅相对于人和上帝意志的消失而存在，大地的辉煌和原野的欢笑并非为人类意志所左右。对纯粹精神的认可反向衬托了人类感情世界的脆弱，传统感念下的"拟人"艺术手法不足以表现出大自然极为丰富的思想内涵和博大胸襟。《五月之歌》中的自然景物并非抒情主人公爱情的陪衬，作为一种独立存在，它们代表的是所有事物两极中的一极。"五月"和"歌"都是《五月之歌》想要表达的内容，循着这样的轨迹，人们才能触摸到诗歌的灵魂。从这一角度上看，《五月之歌》既是歌德献给弗里德莉克·布里翁的情诗，也是诗人唱给全人类的歌。

《五月之歌》中的"你"，既可指大自然的美丽，也可指弗里德莉克·布里翁和歌德俩人的爱情。从更高的层面上看，"你"也包含着蕴藏于自然和人世间的纯美精神与意志。

《五月之歌》没有跌宕起伏的思想和情绪变化，诗歌的层次感主要体现在对人类美好情感的认知上。通过自然与人类情感的连接，一场普通的爱情得到了升华，被作者赋予了具有神性特征的超凡脱俗的情感。

2. 歌德英雄主义情结解析

——以抒情短诗《拿破仑》为例

作为一个前无古人后无来者的英雄，拿破仑是所有诗人愿意描写的对象。拜伦把拿破仑当作一个失败的英雄，在《拿破仑颂》中抒发的是深深的敬意和无奈的惋惜。拜伦倾慕拿破仑的军事才能，视他为拜伦自由主义的先锋。普希金也把拿破仑当作一个英雄，但是，出于俄法战争的影响和民族情绪的纠结，普希金笔下的拿破仑同时也是一个暴君，是普希金所主张的自由主义的敌人。其实，普希金和拜伦对自由主义的理解并无分歧。二人之所以在描写拿破仑的诗歌中意见相左，主要的原因仅在于两位诗人对拿破仑描写的角度不同。与拜伦和普希金相比，歌德对拿破仑的颂扬显得纯粹而彻底。在歌德著名的诗篇《拿破仑》中，拿破仑自始至终都是一个英雄。在歌德笔下，拿破仑的所有行为、理想与追求皆近乎完美，包括他率领法兰西大军踏过德国乃至整个欧洲的领土。

歌德对拿破仑的颂扬与赞美涉及政治、经济和军事所有领域。然而，醉翁之意不在酒，在《拿破仑》中，歌德通过对拿破仑形象的刻画与描写，实际表达的却是歌德本人的政治、经济和军事理想。通过《拿破仑》这首诗歌，歌德勾勒出了自己渴望在魏玛公国甚至整个德意志民族实现的"理想国"。歌德对拿破仑的尊敬与崇拜是理性的，理性的描写和纯粹的颂扬构成了歌德笔下拿破仑形象和拜伦、普希金笔下拿破仑形象的根本不同。但是，作为一个诗人，歌德并没有按照哲学的方法或者政治家的眼光去刻画拿破仑这一人物。《拿破仑》虽然充满理性之光，但却以感性之美屹立于世界诗林之中。

歌德的英雄主义情结通过《拿破仑》得以呈现。除了诗歌的具体内容，《拿破仑》所表现出的英雄主义气质和抒情主人公对英雄主义气质的顶礼膜拜也是有力证据。作为权倾朝野的魏玛公国国君的肱股之臣，歌德渴望强权政治，渴望在魏玛公国乃至德意志民族出现拿破仑式的英雄。从这一角度讲，歌德对拿破仑的颂扬实际带有呼唤与渴望的属性，歌德的英雄主义情结，毫无疑问带有浓郁的民族感情。歌德对德意志民族怀有复杂的情感，一方面，歌德深爱着自己的民族，另一方面，歌德对当时德意志民族一盘散沙的现状表现出了极大的担忧和失望。歌德对拿破仑的崇拜，究其实是对德意志民族英雄的崇拜，歌德笔下的拿破仑，实际阐释的是歌德本人的品质与特性。《拿破仑》是一首诗歌，诗歌属于艺术的范畴。广阔的艺术空间为歌德提供了足够大的舞台，让他得以通过《拿破仑》完整勾勒出了属于整个德意志民族的"理想国"。英雄和英雄主义是拿破仑身上最突出的标签，同时也是诗歌这一艺术载体最善于表达的内容。

> 英雄之心豪情万丈，向着王座毅然启航。
>
> ……
>
> 英雄傲立人间，管什么命运和预言，
>
> 管什么强敌作乱，死且不惧又何畏征战！
>
> ……
>
> 高声颂扬吧！英雄的辉煌已然四海传遍。
>
> 人世荣华有时尽；任谁人，末日终难免！

歌德英雄主义情结缘于他对德意志民族多灾多难历史的思考。1356年，德皇查理四世发表黄金诏书，承认帝侯有选择皇帝的权利，德意志民族开始走向衰微。1806年，拿破仑大军攻陷柏林，宣告了神圣罗马帝国的终结。歌德时代的德意志民族并未实现真正意义上的统一，"德意志"三个字长期以来更多体现的仅是一个地理概念而非国家的概念。对此，歌德曾经痛心疾首地这样评论自己的民族："我们没有一个城市，甚至没有一块地方可以使我们坚定地指出：这就是德国！如果我们在维也纳这样问，答案是：这就是奥地利！如果我们在柏林这样问，答案是：这里是普鲁士！"与欧洲其他民族相比，德意志民族更加看重国家的概念和意义。在德意志民族的潜意识中，国家的统一固然离不开悠久历史文化的沉淀，但是，对于当时歌德生活的时代来说，一个具有英雄主义气概和韬略的民族英雄更能帮助他们实现民族的振兴。作为一个卓越的政治家和军事家，拿破仑身上最显著的英雄标签吸引住了歌德注意和尊敬的目光。伟大诗人兼伟大政治家的歌德对拿破仑的英雄主义情结由此产生。需要指出的是，歌德的英雄主义情结并非仅仅体现在《拿破仑》一首诗歌中，在歌德的其他文学作品中，英雄和英雄崇拜也都是歌德感兴趣的内容。《拿破仑》作为表现歌德英雄主义情结的代表作品，仅是对英雄和英雄的描写做得更为集中而已。

拿破仑具有极高的艺术天赋。但是，作为艺术家的歌德在《拿破仑》中对拿破仑的艺术天赋并未予以足够的颂扬。大量的研究成果证明，歌德对拿破仑的赞美源自他始终理性的创作思想。理性创作思想并非无源之水，它直接衍生于歌德所持有的现实主义世界观。尼采敏锐地发现了歌德思想的奥秘，在《众神的黄昏》（Götzen-Dämmerung）一书中，哲学家对诗人做了这样的评论："在一个并非现实地被思考的时代中间，歌德是一位坚定的现实主义者：他对一切与他有亲缘关系的事物都说是——他再也没有什么比一切'现实的基础'（ens realissimuma），即所称的拿破仑更伟大的经历了。"可见，作为魏玛公国艺术和意识形态领域中的领导者和实践者，歌德主要是从民族利益和国家振兴为出发点，在《拿破仑》中对英雄和英雄主义这一诗歌的永恒主题做了具象的描述。《拿破仑》虽然充满情感，但情感却并非歌德《拿破仑》的核心内容。隐藏于情感之后的理性才是歌德创作《拿破仑》的根本动因。

《拿破仑》语言铿锵有力，感情清澈明亮。诗歌的主题虽然是赞美与颂扬，但却并无阿谀奉迎之态，整首作品自始至终富含理性之光。这一结果的形成并非完全仰赖歌德的天赋和作诗技巧，人类的美好情感才是《拿破仑》获此殊荣的关键。《拿破仑》一诗虽然完成于拿破仑莱比锡会战失败的当天，但却没有拜伦描写拿破仑诗歌的悲情与伤感。歌德的《拿破仑》始终将拿破仑视为天才，即使是兵败国亡，拿破仑在歌德的笔下依旧是一位王冠的当然拥有者：

王冠亦是千斤重担，当仁不让，无暇细算，

将它戴在天才头上，轻松合适，犹如花冠。

古斯塔夫·塞伯特在《歌德与拿破仑：一次历史性的会见》中综合前人研究成果，将歌德和拿破仑皆视为普罗米修斯一般的神话人物。普罗米修斯是歌德《拿破仑》中的隐秘人物。在歌德的潜意识中，拿破仑和普罗米修斯属于同一个级别与档次。《拿破仑》一诗虽未直接描写普罗米修斯，但整首诗歌的结构和情感却让人处处都能感觉到他的存在。研究成果证明，歌德创作《拿破仑》显然受到了德国民间文学的影响，在这里，歌德按照德意志民族的思维方式和审美习惯将拿破仑暗喻成了普罗米修斯。忽略掉诗歌作品的时代背景，《拿破仑》就是一首唱给普罗米修斯的赞歌。歌德研究专家汉斯·布洛姆贝克认为，在歌德和拿破仑两个伟人的身上存在着共同的英雄基因，歌德将拿破仑视为政治和军事领域的普罗米修斯，拿破仑把歌德视为文学艺术界的普罗米修斯。共同的认识与情感让歌德和拿破仑惺惺相惜，前者作诗给予后者以毫无保留的赞美，后者通过阅读其文学作品对前者表达出令人羡慕的尊重。惺惺相惜的诗歌情感在《拿破仑》中表现为感性之爱和理性之情之间的平衡，这种平衡避免了抒情主人公和拿破仑之间关系的媚态出现。歌德把拿破仑暗喻为普罗米修斯，正如汉斯·布洛姆贝克所言，在歌德与拿破仑的整个关系体系中，为了实现理性的颂扬和赞美，歌德用自己虽然热情但却不乏理性的笔墨，让"普罗米修斯这个人物漫游到了法国人皇帝拿破仑身边"。

歌德的诗歌注重时间元素的存在与影响，对于传统诗歌所看重的场景并无严苛的要求。在《拿破仑》中，文学的抽象符号歌德是美好精神的代言，拿破仑是至高权力的别称。美好精神的基础是纯粹的思想和宗教情感，至高权力的基础是俗世欲念。通过对诗歌场景元素的淡化和时间元素的强化，《拿破仑》顺利实现了对纯粹精神和俗世的共同赞美。至此，《拿破仑》搭建起了超越前人的全新审美框架，从思想和创作技巧上实现了对德国古典文学创作模式的突破。对此，另一位歌德研究专家保尔·汉卡莫尔（Paul Hankamer）这样总结："对于他（歌德）而言，拿破仑是第一位他直接看到的具有神话特征的人物形象，歌德不可能把拿破仑理解成别的人物。"

> 纵然山高路险，仍将一往无前；
>
> 纵然荆棘满途，仍将洞悉明辨……
>
> 欢乐时光在前，万众为万事改变呼喊……
>
> 世人疑猜，惊叹——他们只会冷眼观看……
>
> 在这卑污的世间，凡夫俗子只会索取恩典。
>
> 将荣华与众人分享，唯他配将帝国装在心间。

歌德笔下的拿破仑虽然是一位英雄，但这英雄却并不飞扬跋扈。显然，歌德对拿破仑英雄角色的这一描述与定位基于他对英雄美学概念的深刻理解。按照古斯塔夫·施特雷泽曼（Gustav Stresemann）的观点，歌德心目中的英雄强大而自谦，在任何时候和任何场合都不是一只容易愤怒的小鸟。需要指出的是，歌德对英雄和英雄主义的理解并不一贯如此，在诗人早期的诗歌作品中，英雄形象常带有暴戾的性格和脾气。《拿破仑》中的拿破仑形象走出了歌德早期诗歌作品中关于英雄描写的误区，在这里，拿破仑虽然是王冠的理所当然的拥有者和众人拥戴的对象，但他的荣耀却更加体现在他对整个帝国命运的忧虑与担心上。正如汉斯·布洛姆贝克所言："强者的强大表现在他没有能力成为易怒的人。"在歌德的自我感知中，世界各种力量均达到了平衡的状态，《拿破仑》中的拿破仑形象克服了歌德早期诗歌作品中完美的普罗米修斯式的自我苛求，具有了仿佛与英雄和英雄主义相悖的谦逊性格。按照自己的审美原则和道德标准，歌德完成了崭新的拿破仑形象的塑造。《拿破仑》中的英雄和英雄主义色彩不仅没有因之黯然失色，反而以更加璀璨的光辉照耀在人间。

作为《拿破仑》的作者，歌德自己的身影在诗歌中也有清晰的显现。20世纪以来的文学研究成果表明，歌德在《拿破仑》中对拿破仑形象的刻画虽然源于生活的真实，但却也被作者融入了个人的主观印象。换而言之，歌德对拿破仑英雄性格的描绘，很多讲述的是自己的故事。通过对歌德晚年生活轨迹和精神追求的考量，人们不难看到，在《拿破仑》中被作者赞扬的拿破仑的优秀行为与品质，实际也是歌德的做人原则。英雄性格与英雄气质在《拿破仑》中并非拿破仑的专属，它们同时也属于歌德本人。前文已经提及，《拿破仑》一诗具有极大的文学张力。实现文学张力增长的办法很多，歌德在《拿破仑》中使用的主要手段是隐喻。隐喻让歌德和拿破仑之间建立起了紧密的连接，隐喻让主人公和抒情主人公之间没有了障碍与隔阂。通过隐喻这一现代诗歌理论所看重的修辞手段，古典主义诗歌《拿破仑》具有了现代主义诗歌——象征派的显著特征。

《拿破仑》一诗的创作灵感来自于拿破仑在莱比锡战役中的失利。拿破仑为创建法兰西共和国事业遭遇了的艰辛令歌德心生感动，在歌德看来，一场战争的失败并不能动摇拿破仑的英雄地位。结合自己在魏玛公国治理国家的艰辛，歌德将《拿破仑》当成了抒发自己政治理想与抱负的舞台。除此之外，歌德在魏玛公国的个人生活经历也是《拿破仑》诞生的原因。魏玛公国的国君奥古斯特对歌德有知遇之恩，但是，歌德在 1808 年至 1809 年间却因为一件生活琐事和奥古斯特的关系降到了冰点。未经主管艺术的最高领导歌德的同意，奥古斯特听信谗言，免去了歌剧院一位演员的职务。歌德为此心生郁闷，更加渴望身旁明君的诞生。歌德对奥古斯特的不满在《拿破仑》中演变成了对英雄和英雄主义的赞美，拿破仑顺理成章地成为了人类几乎所有优秀品质的替身。通过英雄和英雄主义的描绘，《拿破仑》成功实现了歌德对奥古斯特的委婉批评。作为《拿破仑》一诗的主角儿，拿破仑并非歌德的随意选择。看似偶然的决定，实际却带有极强的必然性。歌德和拿破仑作为同一时代的两个英雄，彼此之间相互尊重与倾慕。出于对歌德文学成就的肯定和他对魏玛公国的政治贡献，拿破仑作为一位法国的皇帝曾经授予歌德军团十字勋章。拿破仑此举虽然带有殖民色彩，作为德意志人的歌德却依然选择欣然接受。不仅如此，根据歌德的贵族好友回忆，歌德每有大事应酬，总不忘佩戴上这枚勋章。拿破仑出于对歌德的尊重，不仅在歌德作品的办税上予以政策的支持，而且在军事出征的路上，他也把《少年维特之烦恼》带在身边。歌德与拿破仑惺惺相惜的佳话为世人津津乐道，从来都是歌德文学研究的鲜活史料。但是，根据《拿破仑》一诗所包含的丰富思想内容，惺惺相惜并不能直接促成《拿破仑》诗歌作品的诞生。歌德和拿破仑虽然被后世皆视为时代英雄，但在歌德自己的意识中，这两个英雄却并非完全对等。力量均衡导致的《拿破仑》一诗的平等意识，时常也以崇拜为基础。正因如此，歌德才会在《拿破仑》中将拿破仑刻画为众人仰慕的神的化身。骄傲的歌德将自己的声音融入"万众齐声呼唤"的海洋，成为了万众中的普通一员。

英雄的特征之一是稀缺，而在歌德的《拿破仑》中，英雄的拿破仑却称得上是唯一。为了颂扬拿破仑的普罗米修斯式的神性，大众被作者赋予了显著的尘世属性。在《拿破仑》中，胸无大志的众人生活在肮脏的世界，他们冷漠寡情，只希望能从英雄的身上获得庇佑与赏赐。对于众人的迷茫，同样也以英雄自居的歌德并不反感和厌弃。歌德认为，英雄只要能将荣华分享给自己身边的亲近之人，英雄就无愧于英雄的称号："世人疑猜，惊叹——他们只会冷眼观看……在这卑污的世间，凡夫们只会索取恩典。将荣华分享给亲近之人吧，唯有整个帝国才配装在他的心间。"歌德在《拿破仑》中表现出的对群众的轻蔑源自他作为贵族的优越感和作为统治者的思维习惯，无论歌德心中装着怎样的博爱，群众的概念也难在歌德心中发生本质的改变。从神性的核心内容来看，群众和英雄之间存在着不可调和的矛盾。英雄的"英"与"雄"皆须有群众的"庸"与"俗"作衬托，具体到《拿破仑》这首诗歌，众人的冷漠和英雄的热情等诸多相互对立的元素描写是歌德成功刻画英雄和英雄人物的主要手段。关于拿破仑英雄主义气质的唯一性，歌德曾经有过清晰的表述。在歌德与秘书的一次谈话中，歌德这样评论拿破仑的唯一性："他（拿破仑）的一生就像一个迈大步的半神，从战役走向战役，从胜利走向胜利。可是说，他的心情永远是爽朗的。因此，像他那样光辉灿烂的经历是前无古人，也许还会是后无来者的。"

歌德创作《拿破仑》一诗的灵感虽然来自拿破仑在莱比锡战役的失利，但是歌德对拿破仑的尊重却由来已久。拿破仑对歌德文学成就的肯定令后者激动，在多种场合，歌德并不掩饰拿破仑带给自己的荣耀，声称拿破仑就是自己的伟大朋友和知音。其实，不仅《拿破仑》一诗表现出了歌德对英雄和英雄主义怀有的浓郁情结，在歌德的其他作品中，英雄和英雄主义也一直都是诗人乐意描写和刻画的对象。在古斯塔夫·塞普特所著《歌德与拿破仑》一书中，作者表达出了这样的观点："我个人觉得……歌德毕生的心血创造《浮士德》都深受拿破仑精神的影响。有专家也曾说过从《浮士德》中可以解读到歌德的精神自传，书中浮士德依然是个追逐的形象，他和魔鬼靡非斯特打赌，如果他对现实的社会满足了，难么他的灵魂将被魔鬼靡非斯特所支配。基于此，他只有以一种永不满足的姿态在人世间穿梭，即使他最爱的女人甘泪卿，最美的海伦女人，以及享用不尽的财富，至高无上的地位仍然无法使之动摇，使之驻足。直到看到自己一直梦想过的新世界的曙光，美好世界的大好景象才惊叹自己的内心彻底得到了满足，从而渴望时间的停留。不可置疑，拿破仑精神的对其影响至深。就像文章前面的那话，拿破仑自称自己就是个暴发户，只有不断地征战、不断地扩张，才能把法兰西共和国的生活方式，及思维方式传播、渗透到那些更是落后的民族，才能获得资产阶级革命的最终胜利。"

英雄在歌德眼中首先是一个解放者。歌德认为，作为解放者，拿破仑率领法国军队推翻了神圣罗马帝国848年专制而腐朽的统治，促进了德意志民族的解放进程。神圣罗马帝国和法国的战争不仅发生在战场上，而且发生在思想与意识形态内。两国之间的战争已然超越了民族之间的利益纷争，直接升级成为人类进步理念与落后思想的对抗。战争之初，法德战争的胜负就已失去悬念。封建专制政体统治下的神圣罗马帝国军队在资产阶级自由思想统领下的法军面前毫无抵抗之力，仅仅在取得了几场表面的胜利之后就开始溃败。最终，率领2000人的军队跟随皇帝出征的魏玛公国国君科尔·奥古斯特不得不缴械投降，神圣罗马帝国也宣告灭亡。跟随科尔·奥古斯特出征的歌德看到了神圣罗马帝国军队在战场上的无能，强烈的民族自尊心令歌德以一种极端的方式表达自己的民族感情。歌德诅咒神圣罗马帝国的专制与腐朽，歌颂拿破仑作为英雄而在战场和思想领域中创立的伟大功勋，公开承认神圣罗马帝国的抵抗是一种真正意义上的倒行逆施。歌德关于神圣罗马帝国灭亡的言论也许能够引起人们关于歌德民族感情的争论。但是，歌德对拿破仑英雄行为与思想的赞美均建立在神圣罗马帝国的名存实亡上。法国军队入侵之前，德意志已然成为一个纯粹的地理概念，国家意义早已在200多个城市联邦实际存在的条件下不复存在。正是怀着一颗振兴德意志民族并建立强大主权国家的心，歌德才会由衷钦佩拿破仑的军事和政治才能，将他视为一个普罗米修斯一般的英雄。歌德的政治理念与主张以人类文明与进步为标尺，具有博大而宽阔的心胸。

作为一首颂扬英雄和英雄主义的诗，《拿破仑》并没有因为纯粹而绝对思想和情感表达显出幼稚和浅薄。凭借理性的思考和冷峻的分析，《拿破仑》表达出了对英雄和英雄主义的真正意义上的赞美与颂扬。凭借着诗歌的这一优势，歌德的《拿破仑》完胜了同时代诗人的同一题材作品，在德国文学史上和世界文学史上留下了浓墨重彩的一笔。

3. 歌德抒情短诗《喜悦》中的 "泛神论"

　　《喜悦》创作于 1767 年，当时的歌德年仅 18 岁。作为德国古典主义文学的继承者和模仿者，歌德在《喜悦》中表现出了过人的诗歌天赋。长期以来，《喜悦》作为世界文学之林中优秀的爱情诗之一，在世界各地被广泛传唱。

　　《喜悦》深受 "泛神论" 哲学思想的影响，是歌德早期人生观和审美观的具象记录。有学者将《喜悦》视为马恩人本主义自然辩证法的体现，认为在《喜悦》中歌德将人当作了观察和了解周围事物的核心。这样的观点值得商榷。"泛神论" 和马恩的人本主义自然辩证法有着巨大差别，前者将自然看成世界的 "元"，后者将自然看成是被打上了人的主观意识与感受的 "次元"。

　　"泛神论" 将自然和宇宙看成上帝和神，上帝和神反过来也即自然和宇宙。17 世纪荷兰犹太哲学家斯宾诺莎的 "泛神论" 是 "德国的泛神论"（Der Deutsche Pantheismus）的直接来源，"德国的泛神论" 因此也叫 "德国的斯宾诺莎主义"（Der Deutsche Spinozismus）。歌德一生深受斯宾诺莎的影响，在哲学信仰上以 "泛神论" 为思想基础，在文学创作上以斯宾诺莎美学为原则。"泛神论" 在德国有着广泛的群众基础，代表人物以康德、莱辛、赫尔德、歌德、席勒、贝多芬、谢林、黑格尔等最为著名。"泛神论" 将自然视为宇宙和世界的核心，认为自然存在的本来面目就是思想和美的根源。世间万物作为一种纯粹的客观存在，其上既没有人的思想痕迹，也没有神的意志烙印。"无神论是颠倒过来的泛神论"，费尔巴哈一语道破了 "泛神论" 思想的全部秘密。关于 "泛神论" 的哲学主张和审美意识，康德在《自然通史和天体论》一书做了更加详细的描述。康德认为，宇宙结构本身就是最完美的排列，人类在这个最完美的结构排列面前无须作为，体会和欣赏自然的赠予和赏赐就是人类最理性和最正确的选择。纯粹精神不存在于人的大脑，也不存在于彼岸世界，纯粹精神仅存在于大自然之中。人类如果不认识宇宙结构之美，也就不能感受到上帝的神手圣功。换句话说，宇宙结构之美本身就是上帝的作为，自然和宇宙就是上帝，上帝即为自然和宇宙。

《喜悦》一诗虽然表现出了抒情主人公强烈的喜悦之情，但这强烈之情却并没有超越自然的羁绊与限制。在《喜悦》一诗中，抒情主人公的喜悦构成了整个自然的一个组成部分。在《喜悦》中，是自然"吞噬"了抒情主人公的主观情感与意识，而不是抒情主人公的主观情感与意识异化了自然。在"泛神论"思想主导下，抒情主人公和大自然和谐相处，二者之间并无身份的差别。人并非宇宙的核心和统领，宇宙的核心和统领虽然有人的影响，但这种影响仅作为自然的组成部分而存在。《喜悦》一诗表现出了人与自然最为和谐的美好关系，这种美好不是体现在人类的口头尊重上和至高无上的美好感觉上，而是体现在人类对自然最无私的尊重中。

> 变幻无定的蜻蜓，在泉边翩翩飞行，
> 我久久将它观赏：时而淡，时而深，
> 就像变色龙，忽红忽绿，忽绿忽红；
> 我真想向它走近，把它的真色看清！
> 它飘飘飞舞，从不停靠！别响！它落在了柳枝。
> 捉住了！捉住了！现在我将它看个分明，
> 原来是一个颜色，阴郁中的暗青——
> 分析喜悦者，你的结果也定是同样！

百度文库《歌德〈喜悦〉中存在的自然观——评歌德〈喜悦〉》一文的作者这样阐释自己对于《喜悦》的理解："（歌德）研究蜻蜓，慢慢靠近，一蹴而就，获得成功的喜悦，辩证地看出了人具有向着选定的目标前进的自觉性……在自然辩证法中，慢慢靠近蜻蜓是一个循序渐进、变化发展的过程……实践的观点表露无疑，从不知道到清楚地知道，由远到近，用实践来验证思想的真实性……"将歌德靠近并看清蜻蜓的过程视为人的意志对客观世界的干预，这样的认识显得浅薄。歌德靠近并看清蜻蜓的过程体现的是人与自然的和谐而非改造关系，歌德和蜻蜓都是大自然的组成部分，歌德捉住蜻蜓仅是为了看清它的颜色，对于蜻蜓自身的所有特征与特性，歌德并无改变的故意。《歌德＜喜悦＞中存在的自然观——评歌德＜喜悦＞》所主张的自然观在《喜悦》中并不存在。无论是《喜悦》的主题思想还是审美标准，所反映和印证的都是典型的"泛神论"特征。

除了人与自然的和谐，《喜悦》一诗的隽永与优美还体现在诗歌所表达的神性概念与特征上。"泛神论"并不拒绝承认上帝的意志，"泛神论"对上帝意志的否定主要体现在它拒绝承认上帝按照自己的意志创造了世界并且装饰了这个世界的观点。《喜悦》对神的崇拜体现为对自然的崇拜，自然虽非上帝的造物，但却蕴含有上帝的意志。"泛神论"中的神虽非来自天庭，但却客观存在。18 世纪的欧洲，教会势力大增，财富积累惊人。"德国泛神论"观点的盛行除了源自荷兰"泛神论"的影响，是一种哲学观点的继承，还和当时人们对欧洲教会组织官僚化和庸俗化有关。传统基督教会拒绝科学和理性，"泛神论"反其道而行之，主张以科学的态度研究自然，以宗教的情感尊重自然。《喜悦》所描写的喜悦缺少个人情感，带有极强的自然科学研究特色。正因如此，有人将歌德看成是动植物学家。这样的赞美看似合乎情理，细究却牵强附会。单从《喜悦》所描述的歌德捕捉蜻蜓的过程，根本不足以得出这样的结论。歌德捕捉蜻蜓仅是为了"看清"蜻蜓的颜色，满足的是一个少年的好奇心，与所谓的科学研究毫无关联。歌德后来在动植物学方面的贡献取决于他个人兴趣的转移和改变，与《喜悦》这首诗歌的因果关系微乎其微。诗歌最后一句"分析喜悦者，你的结果也同样"说明，歌德的《喜悦》传递的是一种宗教情感，缺少了对诗歌这一主题的提示与强调，整首诗歌的思想和审美价值都会大打折扣。

尊重自然存在的《喜悦》却富含宗教情感，这样的观点看似矛盾其实却符合作者的基本哲学理念。音乐大师贝多芬认为，对大自然热爱就是对上帝的尊敬。在评论自己的艺术创作活动与成就时，贝多芬承认他始终都怀揣着对自然和上帝的双重之爱。作为一个"泛神论"者，贝多芬多次承认他比其他艺术家都更接近上帝。在《D 大调庄严弥撒》的手稿上，贝多芬两次写下了"怀着虔诚之心"的表白。对神性的尊崇并没有影响贝多芬对自然的歌颂，《D 大调庄严弥撒》表现出了贝多芬在两个方面的能力与天赋。歌德的上帝与贝多芬的上帝类似，在《D 大调庄严弥撒》中，人性和神性实现了完美的融合，呈现为一个既无形又有形的黄金十字架。在《喜悦》中，人的喜悦和神的喜悦融为一体，呈现出一派祥和气氛。贝多芬希望自己的音乐作品能在广大人们心中"唤醒宗教感情"，为此，贝多芬这样吟诵："上帝，上帝！我的避难所，我的堡垒，哦，我的一切！"歌德也希望自己的诗歌能够唤起人们的宗教情感，为此，歌德对世界宣布："分析喜悦者，你的结果也同样！"无论是贝多芬还是歌德，他们都是真正意义上的"泛神论"的拥趸。以"泛神论"为原则创作艺术作品，无论该作品多么在意描述自然和人世之美，它们对纯粹的精神价值的追求永远都不会停歇。

　　歌德创作《喜悦》的灵感也许来自一次真实的生活经历，也许来自诗人的理性思考。不论哪结果，都不能够影响诗歌所包含的深刻的哲学观点和审美意识的倾向与内容。表现在艺术与生活的关系上，歌德的哲学和美学思想体现为对二者的双向认可。艺术属于神性世界的范畴，与上帝的意志相通。生活属于自然世界的范畴，与人类的俗世情感和欲念相连。艺术与生活不是对立关系，艺术与生活在"泛神论"思想体系下得以共存共生。艺术与生活的共存共生以大自然为媒介，大自然以自己博大的心胸囊括着物质和精神两个世界的美好。诗人的任务仅在于反映物质和精神两个世界的本来面目，诗人无须根据自己的意愿再去对这两个世界进行哪怕是微乎其微的改造。正因为此，歌德在《喜悦》中描述的所有人的活动都显得理性而有节制，即使有狂欢的欲望，也总能被适时控制。青年时代的歌德虽然热情似火，但却已经表现出了类似于耄耋之年的老成。面对上下飞行的蜻蜓，抒情主人公并没有跳跃捕捉。直到蜻蜓停在了柳枝上，抒情主人公才上前将其捉住。一系列的细节描写除了生动记录了抒情主人公的喜悦，还描述出了大自然的根源之美。未经任何雕琢与打磨的大自然虽然有人的存在，但人的存在却并没有打破大自然自有的平衡。这既是对自然之美一次普通的赞美，也是对大自然内部本就存有的神性、上帝的意志和纯粹精神的颂扬。

《喜悦》既是明晰的哲理诗，也是朦胧的爱情诗。作为哲理诗，《喜悦》反映的是歌德的哲学思想与理念，作为爱情诗，《喜悦》反映的是歌德的审美意识。歌德曾经说过，他写的每一首诗都是为了情感的表达，他自己从来都不会写没有情感冲动的诗歌。歌德所说的情感固然包含有比爱情宽泛得多的内容，但是，歌德后来在多种场合发表的言论证明，他所说的情感，毫无疑问就是爱情。对于爱情的理解，歌德的见解新颖而独特。歌德一方面承认爱情的人性局限，一方面却在爱情的神性品质上提出了更加严苛的要求。歌德的爱情观和柏拉图的爱情主张一样，都将纯粹的精神放置在了第一重要的位置。

《喜悦》虽然很早就被译成中文，但却没有引起国内学界足够的重视。作为歌德早期最有影响的抒情诗，《喜悦》本应获得更高的评价和文学地位。《喜悦》的主题思想和创作风格在歌德中后期的文学作品中均有显现，是歌德纵向文学研究不可多得的宝贵资料。歌德在《喜悦》中表达出了强烈的生命意识，无论是神奇的大自然还是飞飞停停的蜻蜓，在年轻诗人的笔下都成了喜悦的化身。诗歌的末尾虽然略显忧郁，但却没有影响整首诗歌的欢乐氛围。抒情主人公的失望更多表现为一个抽象的概念，与诗歌所描述的具体事物无关。"捉住它了！捉住它了"是本首诗歌的点睛之笔，通过朴素的话语，歌德瞬间将整个世界带进了"喜悦"的海洋。

作为一个"泛神论"的支持者，歌德对大自然怀有极深的感情和敬意。离开了对自然的尊重，诗人很难对一只蜻蜓作如此细腻的观察和描写。《喜悦》带给人们的喜悦是如此巨大，时至今日，诗人在田野里奔腾跳跃和小心翼翼捕捉蜻蜓的情景仿佛就发生在昨天。200多年前的自然风光被定格在了由翩翩少年和蜻蜓组成的画卷中，成了现代人心目中最美丽的精神家园和寄托。

歌德作诗讲究有感而发。1823年9月，歌德对艾克曼说："我的全部诗都是应景即兴的诗，来自现实生活，从现实生活中获得坚实的基础。我一向瞧不起空中楼阁的诗。"《喜悦》所描述的场景并非歌德的杜撰，17岁的诗人在200多年前的一个下午真就在田野里捕捉过蜻蜓。阳光照耀下的蜻蜓闪着五彩的翅膀，让奔跑的歌德气喘吁吁。当歌德费尽全力捉住一只蜻蜓后，却产生出了些许的失望情绪。原来，所谓的五彩斑斓只不过都是人的错觉，真实的蜻蜓颜色只是一种"阴郁的暗青"。诗人由此得出结论，喜悦更多存在于人的感知中，喜悦一旦被分析，就会在瞬间土崩瓦解。"分析喜悦者，你的结果也同样"是本诗的诗眼，通过这样的点题，"喜悦"找到了自己的归宿。

4. 歌德的爱情崇拜与理性婚姻观

——以爱情诗《喊叫》《美丽的夜》《我很快又要见到里克辛》

《欢会与别离》《得救》为例

　　歌德的一生是找寻和歌颂真爱的一生。从 1765 年开始直到生命的终结，歌德的个人生活和文学创作一直与爱情密切相关。在歌德传世的 2500 余首诗歌作品中，直接描写自己爱情经历的占了绝大多数。即使是一些描写自然和生活的诗，也多与诗人的感情经历息息相通。

　　以歌德早期系列爱情诗为例研究歌德的爱情崇拜与理性婚姻，对于评价歌德文学成就具有重要意义。爱情是歌德毕生的追求，相伴于歌德文学创作的始终。歌德早期系列爱情诗富含激情与理性，全面诠释了歌德爱情和婚姻观的实质。对自己早期爱情故事的记录，就是诗人进行文学创作活动的开始。歌德早期系列爱情诗虽然没有对婚姻做出明确的解释，但是，在对爱情的选择中，歌德也间接表达出了他对婚姻的认识。在歌德早期创作的系列爱情诗中，歌德阐释了他对人性的理解与感悟，歌德关于文艺学和美学的许多思考亦能从中找到答案。

　　爱情崇拜的核心是激情，婚姻的核心是理性。两种互相对立的情绪之所以能够在歌德爱情系列诗中同时显现，与歌德所处时代的复杂背景有极大的关联。在一定意义上说，歌德爱情诗中的激情是对扼杀人性的欧洲基督教会的直接反抗，通过歌颂爱情，虚伪的教会组织被揭去了神秘的面纱，人得以成为社会的主宰。歌德理性婚姻观的形成得益于德国启蒙思想运动。康德哲学的启蒙精神使人脱离了盲目的教会崇拜，在这一过程中，理性和理性思维对于科学知识的传播起到了至关重要的作用。由此可见，无论是爱情崇拜还是理性婚姻观，歌德的系列爱情诗所主张的思想与情感都是当时德国先进思想的反映。作为德国"泛神论"哲学主张的一面旗帜，歌德以自己对爱情的热情赞美和对婚姻的理性思考证明，美好的事物存在于现实，大自然环境下的人类生活就是美感产生的源泉。

歌德早期系列爱情诗指的是歌德青年时期创作的与自己的感情经历有直接关联的诗歌。由于创作背景和年代等因素的影响，歌德早期系列爱情诗的文学成就并不一致。早期系列爱情诗中既有传世精品，也有平庸之作。但是，无论歌德早期系列爱情诗的文学成就怎样，它们在记录歌德爱情故事与经历上却都包含有丰富的信息，都是歌德文学研究不可多得的宝贵资料。歌德系列爱情诗的文学成就主要体现在歌德文学创作的中期，这与歌德一般的文学成就发展轨迹相同。根据这样的事实我们能够得出结论，歌德系列爱情诗并非诗人的私人日记，它们是诗人真正的艺术作品。作为歌德文学创作的重要组成部分，歌德系列爱情诗甚至就是歌德文学创作的全部。歌德早期系列爱情诗虽然不能承担整个歌德系列爱情诗的重任，但在反映诗人的生活轨迹和思想变化上，它们却有着其他诗歌所无法替代的作用。

歌德创作的最早期爱情诗是《喊叫》和《美丽的夜》。《喊叫》和《美丽的夜》记录和描写的是歌德与凯卿·荀科普的初恋。《喊叫》写作于 1765 至 1766 年间，此时的歌德与凯卿·荀科普正处在热恋之中。《美丽的夜》创作于 1768 年，此时的歌德已与凯卿·荀科普分手。

处在热恋当中的歌德在《喊叫》中成功描写了自己初恋的幸福，整首诗歌轻快明丽，记录了歌德和凯卿·荀科普之间纯洁无暇的爱情。但是，作为文学作品，歌德在《初恋》中满足于对生活表面现象的观察，诗歌主题和诗歌创作手法带有安纳克利翁爱情诗的明显痕迹。与歌德后来创作的其他爱情诗相比，《喊叫》缺乏必要的精神寄托和对人类美好感情的渴望，对生活的挖掘亦缺乏深度。《喊叫》中没有歌德抒情诗所擅长设计的立体框架，客观对象和主观人物之间更是没有任何连接。《喊叫》取材于歌德与凯卿·荀科普的一次真实的约会，缺乏提炼与提升的真实描写限制了诗歌描写的空间。歌德的本意是通过细节描写实现情节描写的成功。歌德也许实现了自己的创作构思，但是，这样的创作构思对于一首成功的爱情诗来说却远远不够。除了歌德与凯卿·荀科普的约会故事，读者很难在其中发现其他有价值的内容。从诗歌所描写的内容和挖掘的主题来看，《喊叫》更像是一首诗歌小品：

> 我尾随我的姑娘，跑向森林深处，
>
> 我抱住了她，她却不甘就范：
>
> "天啊松开！否则我要高喊。"
>
> 我顽抗地说道："哈，谁来
>
> 干扰，就把他干掉！"
>
> "轻点，"她低声说："亲爱的，
>
> 轻点！别让外人听到。"

除了爱情本身的幸福和美好，读者在《喊叫》中看不到更加深刻的感悟。《喊叫》描写的爱情美则美矣，但却并无精神的感动和灵魂的虔诚。《喊叫》的缺憾一是因为少年歌德对爱情的理解尚未达到应有的高度，二是因为诗人在这一时期的写作技巧尚不成熟。除此之外，少年歌德从内心并未认真对待自己的这段恋情也是原因之一。从《喊叫》所描写的内容可以得知，凯卿·荀科普并非歌德的理想恋人。《喊叫》中的口语词汇让歌德的初恋蒙上了一层阴影，女主角儿凯卿·荀科普注定成不了歌德的新娘。凯卿·荀科普的父亲是一家饭店的老板，歌德的父亲是一个工匠。两家社会地位虽无差别，但歌德家族却对步入德国上流社会更加充满渴望。不同的价值观拉大了两个家庭之间的社会地位，歌德屈从于外部环境的压力，在家族势力的阻挠下，歌德毅然决定与凯卿·荀科普分手。歌德的决定虽然绝情，但却出于对真正理想爱情的渴望。凯卿·荀科普虽然深爱着歌德，但识字不多的她却难以走进歌德的内心世界。正是基于这样的原因，诗人在《喊叫》中对爱情的描写不得不停留在了事物的表面。歌德心目中的理想爱情建立在男女双方情感与精神交流的双重基础上。对于歌德来说，凯卿·荀科普仅仅满足了他的第一个要求。《喊叫》记录的爱情虽然给抒情主人公带来了感官的幸福，但却无法满足他灵魂深处的渴求。初恋的热情转瞬即逝，在意识到了与凯卿·荀科普之间的距离无法消除之后，理性的歌德听从家人的建议，不久即以身体有病为由离开了莱比锡，歌德与凯卿·荀科普的初恋就此走到了尽头。需要指出的是，凯卿·荀科普本人也深知她与歌德之间的差距。为了弥补这种差距，凯卿·荀科普曾经劝说自己的父亲拿出金钱资助歌德自费出版诗集。但是，由于这样那样的原因，凯卿·荀科普并未能帮助歌德实现自己的愿望。作为歌德的初恋女友，凯卿·荀科普在歌德和读者心中都是一种永远的遗憾。

歌德为凯卿·荀科普写的第二首情诗是《美丽的夜》。与《喊叫》不同的是，歌德在此将景物描写引入了诗歌。环境元素的介入放大了诗歌的张力，美好的爱情因之增添了些微的波澜：

> 我离不开这小屋，心上人就在这里住宿。
> 我放轻脚步，在荒凉阴暗的树林里踯躅。
> 月光透过橡树，飞驰的西风也在把衷曲倾诉。
> 白桦树弯下了身子，把甜美的香气撒向四处。
> 美丽的夏夜多么凉爽，我心里又是多么欢畅！
> 这儿多么静谧，幸福的暖流在我的内心激荡。
> 好不容易，才抓住了这欢乐的时光！
> 可是上苍啊，我宁愿放弃一千个美妙的夜晚，
> 只要我的姑娘，能有一次依偎在我的身旁。

在《美丽的夜》中，荒凉阴暗的树林、月光、橡树、西风、白桦林等这些歌德所喜欢和擅长描写的景物并非是可有可无的摆设，它们对于抒情主人公的行为和心理活动起着十分重要的衬托作用。遮遮掩掩并且拖行着的脚步、倾诉衷曲的西风、把香气撒向四处的白桦树都与抒情主人公的心境暗合。在接下来的段落中，歌德进一步强调了环境与抒情主人公之间的紧密关系，直言夏夜的美丽、凉爽和静谧皆因抒情主人公的幸福而起，整首诗歌因此现出了歌德抒情

诗的基本特征。

　　《美丽的夜》虽然描写了客观环境，但这客观环境与诗歌人物之间却缺乏足够的黏连。作为"泛神论"哲学思想在文学领域的领军人物，《美丽的夜》对自然和人物之间的关系挖掘与描写上还缺乏应有的深度。歌德完成了对自己诗歌《喊叫》的超越，但却没有完成对德国古典文学抒情诗创作模式的超越。自然元素和环境描写是歌德诗歌作品中不可或缺的角色，抒情主人公的全部思考与情感皆附着其上。通过自然和环境的描写，歌德诗歌的精神和品质可得到完美诠释。这种结论的获得并非完全基于一首或数首诗歌的解读，歌德"泛神论"强调自然、上帝和人群相辅相生和谐关系的哲学思想和审美意识，才是打开这一奥秘之锁的钥匙。

　　《美丽的夜》是歌德与凯卿·荀科普分手后的作品。也许是心生愧疚，也许是意识到了已经失去东西的宝贵，歌德在《美丽的夜》中倾诉的是一份浓浓的感情。歌德的吟诵虽非无病呻吟，但却与真正的爱情没有多少关联。在歌德的潜意识中，远离自己身边的凯卿·荀科普已经不再是他的"累赘"，遥远的距离让理性的诗人不再担心有任何危险发生。正是在这样一种安全的审美距离内，歌德写出了赞美他与凯卿·荀科普之间美好感情的情诗。不论是美丽的夜还是美丽的姑娘凯卿·荀科普，他们都只能在歌德的回忆中出现。

　　《美丽的夜》是歌德对自己初恋的美好回忆。按照这样的逻辑构思，与人物对立的客观环境应该是人物心境变化的晴雨表。但是，令人感到遗憾和不解的是，这样的描写仅存在于诗歌的段落意境之内。"美丽的夏夜多么凉爽，我心里又是多么欢畅"作为客观环境和人物心境和谐相生的典型，在诗歌中不仅出现的次数不多，而且并没有形成对整首诗歌的覆盖。如果一定要再次找寻到与之类似的描写，诗歌第一个段落中遮遮掩掩的拖行的脚步和荒凉阴暗的树林之间的勉强也构成了彼此的呼应。从整体上说，《美丽的夜》中的客观环境与诗歌抒情主人公为一种对立存在。在诗歌的最后段落，诗人直言不讳地表达了这样的情绪和思想："我宁愿放弃一千个这样美妙的夜晚，只要我的姑娘，能有一个夜晚依偎在我的身旁。"歌德的本意是为强调自己对爱情的珍惜，为了爱情，他可以选择放弃已然拥有的一切。但是，结合歌德的实际行为和一贯观点，人们却不得不对诗人的爱情宣言打上大大的问号。现实生活中的歌德在爱情和夜晚之间的选择恰恰相反，为了美丽的夜晚，理性的歌德选择抛弃了爱情。歌德的爱情虽然讲究精神，但这精神却与柏拉图主张的精神有着本质的不同。歌德的精神存在于物质世界的范畴，精神愉悦包含有复杂的俗世情感。柏拉图的精神是一种纯粹的精神，与物质世界完全隔绝。正因如此，歌德的爱情才不会被情感控制，在关键时刻，左右诗人行为的仅是理性层面的东西。歌德在《美丽的夜》中提及的爱情的美好更多存在于诗人的假想中，在与自己的恋人凯卿·荀科普分手后，初恋的甜蜜因为遥远距离的产生而变得更加甜蜜，曾经实际存在过的美丽的夏夜也因之变得更加美丽。

1770 年，已在斯特拉斯堡大学继续学习法律的歌德为弗里德莉克·布里翁创作了诗歌《我很快又要见到里克辛》。里克辛是弗里德莉克·布里翁的爱称，作为一名牧师的女儿，她是歌德爱上的第二个女性。在创作灵感和技巧的运用上，《我很快又要见到里克辛》与《美丽的夜》有着惊人的一致：

> 我就要见到里克辛，很快，很快就跟她拥抱，
> 我的诗歌将欣然跳舞，和着甜蜜悦耳的音调。
> 啊，我该多么悦耳，如果由她来唱我的歌！
> 亲爱的恋人，我没有歌唱已很长久，已很很久。
> 我怀有深深的痛苦，只因恋人欲离我逃走，
> 我心中的真正的忧伤，怎么还能化为诗歌。
> 我现在歌唱，因为我有满腔甜蜜纯洁的欢喜。
> 给我所有修道院的酒，我也不舍弃这份厚礼。

一般认为，歌德在斯特拉斯堡大学通过对《荷马史诗》和莎士比亚的研读实现了自己诗歌创作的进步，这一时期的诗人尝试将德国民间文学的优秀元素引入诗歌创作，在对德国古典文学的继承与改造上取得了显著的成就。但是，歌德的改变却并未在《我很快又要见到里克辛》中得以充分体现。从思想内容和情感表达两个方面分析，《我很快又要见到里克辛》沿用了歌德在莱比锡读

书时诗歌创作的老路，与《喊叫》《美丽的夜》并无性质的区别。《我很快又要见到里克辛》描述的爱情故事在约会的路上展开，所谓的抒情主人公的精神愉悦依旧是通过对带有俗世特征的周围事物的舍弃和否定才得以实现。

歌德与弗里德莉克·布里翁相识于 1770 年，曾几何时，弗里德莉克·布里翁居住的村庄堪称是歌德心目中的圣地。歌德迷恋弗里德莉克·布里翁的美貌与气质，弗里德莉克·布里翁欣赏歌德的修养与学识，二人之间燃起了爱情的火花。弗里德莉克·布里翁虽然是歌德喜欢的第二个女子，但却可认定她才是歌德真正的初恋。歌德与第一个女友凯卿·荀科普的相爱，更多源自少年的好奇和顽皮。弗里德莉克·布里翁和歌德在社会地位、家庭背景、受教育程度上几无差别，在精神世界的追求上亦有共同语言。歌德对弗里德莉克·布里翁的爱发自内心，正因如此，二人的爱情故事才会成为绝世佳话，被世人改变成多种艺术形式广为传颂。作为艺术的存在形式，《我很快又要见到里克辛》的平庸主要由歌德对诗歌创作认识和技巧上的不足所致。伟大的诗人虽然最终在斯特拉斯堡实现了根本的改变，但在创作《我很快又要见到里克辛》之时，歌德却依旧是原来的那位诗人。歌德与弗里德莉克·布里翁的爱情虽然美好，但最终却以悲剧的形式宣告结束。与弗里德莉克·布里翁相爱仅仅过了一年，歌德就不得不与心爱的姑娘分手。弗里德莉克·布里翁伤心欲绝，选择终生不嫁，直到 61 岁时黯然离世。

在诗歌的第一个段落，歌德声明自己诗歌的"欣然跳舞"是由甜蜜的爱情所致。作为诗人，这是歌德第一次明确指出艺术的源泉和本质。精神元素的介入提升了诗歌的档次和品味，使得即将发生的见面和拥抱变得更加美好。诗歌的这一描写间接暴露出了歌德心目中理想爱情的模样：两情相悦须建立在共同或相似的思想基础上。但是，思想的相同或相似与精神的相同或相似并不完全对等，一个显著的标准就是前者存在于此岸世界，后者存在于彼岸世界。换句话说，《我很快又要见到里克辛》虽然具有了思想上审美要求，但在整体上对精神审美的描写却显得不够。本应作为诗歌统领与灵魂的精神元素，在《我很快又要见到里克辛》中仅仅存在于诗歌的角落。

时至今日，人们对歌德抛弃弗里德莉克·布里翁的具体原因也不甚明了。

　　根据《我很快又要见到里克辛》和其他描写两人爱情经历的诗歌分析，歌德与弗里德莉克·布里翁分手的原因和与第一任女友凯卿·荀科普分手的原因类似。弗里德莉克·布里翁虽然和歌德有共同语言，但她却依然无法满足歌德对理想爱情的要求。在德国诗坛渐有名气的歌德认识到，无论是自己的家庭还是弗里德莉克·布里翁的家庭，都无力帮助他实现更加远大和宏伟的人生目标。歌德颂扬和赞美爱情，但爱情却不是他生活的全部。正如诗人在诗歌《美丽的夜》中所表述的那样，为了获得一种他认为更有价值的理想，诗人可以抛弃掉他眼前的幸福。在《我很快又要见到里克辛》中，歌德尽管声称"给我一切修道院的酒，我也不换这一份厚礼"，但实际上歌德却并没有兑现自己的诺言。歌德并非一个伪君子，他对弗里德莉克·布里翁的爱足够炽热和真挚。抛弃弗里德莉克·布里翁的原因，最终只能解释为歌德自小就怀有的对艺术和诗歌的更深更大的爱。在歌德的世界中，思想的自由和精神的愉悦占有至高无上的地位，爱情作为思想自由和精神愉悦的补充，只有在未对二者形成威胁时才值得保存。三者的平衡一旦被打破，遭到抛弃的就只能是与俗世有更多关联的爱情。激情的歌德如果是一只赞美爱情的夜莺，理性的歌德则是一只颂扬精神和艺术的苍鹰。在艺术与生活之间，歌德的选择永远都是艺术。

　　《我很快又要见到里克辛》虽然不属精品，但在歌德的爱情系列诗中也占有重要地位。除了记录了歌德爱情生活的真实，本诗还是歌德文学创作思想、风格以及技巧发生改变的见证。《我很快又要见到里克辛》既有歌德早期爱情诗的痕迹，也有诗人中晚期爱情诗的影子。承上启下的诗歌结构与内容让《我很快又要见到里克辛》成为了歌德爱情诗、抒情诗乃至整个文学创作研究领域不可多得的文学资料。

　　在歌德的系列爱情诗中，《欢会与别离》堪称精品。这首诗歌也是歌德献给弗里德莉克·布里翁的情诗，创作灵感亦来自歌德真实的生活经历。歌德一生虽然恋爱多次，但他与弗里德莉克·布里翁的爱情故事却最受关注。究其原因，诗歌《欢会与别离》的精彩描写在其中发挥了关键作用。音乐家、雕刻家、画家、舞蹈家、文学家等以歌德的《欢会与别离》为蓝本，演绎出了丰富多彩的歌德与弗里德莉克·布里翁的爱情故事。

作为献给弗里德莉克·布里翁的情诗，《欢会与别离》强调诗歌的动态特质，景物与人物都处在漂移状态。众所周知，强调时间元素的介入而非场景元素的介入是歌德长篇叙事诗的特点。歌德在《欢会与别离》中汲取长篇叙事诗的创作营养，以时间为坐标记录和诠释了一次美好约会的过程：

> 我的心狂跳，赶快上马！想走就走，立刻出发。
> 黄昏正摇着大地入睡，夜幕已从群峰上垂下。
> ……
> 可是，唉，一当朝阳升起，我心中便充满离情别绪。
> 你的吻蕴藏着多少欢愉！你的眼饱含着多少悲戚！
> 我走了，你低头站在那，眼泪汪汪目送我离去：
> 多么幸福啊，能被人爱！

　　"欢会"是约会的开始，"别离"是约会的结束，"欢会"与"别离"，搭建起了本诗基本的线型框架。在诗歌的开始和结束段落，诗人表达的情绪虽然对立，但却都属于感性描写的范畴。不论是黄昏的激动还是早晨的悲戚，都是歌德爱情至上论的具象表达。

　　但是，在接下来的描写中，感性的诗人消失了，取而代之的是理性的歌德。在理性的歌德的眼里，令人期待的爱情被一种隐约的恐惧和忧虑情绪代替，无论是兀立的巨人，还是裹了雾的橡树，都瞪着一双不怀好意的黑眼珠看着诗人。诗歌关于月亮的描写虽然也是为衬托抒情主人公的恐惧和忧虑，但却被歌德直接加进了人的感受。兀立的巨人和裹了雾的橡树如果是纯粹的客观存在，那么俯瞰大地的月亮和发出凄厉哀叹的风就是一种混合的主客观表现。作为客观描写和主观刻画之间的过度，混合的主客观表现显得尤为重要。主客观混合体使得诗歌的情感和理性描写缺少了直接的对立，相融相生构成了歌德爱情诗乃至全部抒情诗的显著特征：

> 山道弯兀立着一个巨人，是橡树披裹了雾的轻纱。

黑暗从灌木中外窥，一百只黑眼珠在转动、眨巴。

月亮从云峰上俯瞰大地，光线是多么愁惨、暗淡。

风儿振动着轻柔的羽翼，在我耳旁发出凄厉的哀叹。

理性的歌德在诗歌的以下三个段落倾诉的是自己对爱情的渴望和对弗里德莉克·布里翁的忠贞。诗句"我虽渴望，却又不配获取"包含有极为丰富的信息。处在热恋中的歌德其实并不看好他与弗里德莉克·布里翁的未来，无论是诗歌描写的周围环境的险恶还是诗人自己的忧虑，其实都是为了这一句话的说出。为了降低这句话给弗里德莉克·布里翁带来的伤害，歌德做了充分的铺垫。以这样的角度阅读歌德在诗歌中的情感表白，它们都应算是诗人善意的谎言：

黑夜造就了万千的鬼怪，我却精神抖擞，满怀喜欢。

我心管里的血已经沸腾！我的心中燃烧着熊熊烈焰！

终于见到你，你甜蜜的目光已给我身上注满欣喜。

我的心紧偎在你身旁，我的每一次呼吸都为了你。

你的脸庞泛起玫瑰的春光，那样可爱，那样美丽。

你的一往深情 —— 神们啊！我虽渴望，却又不配获取！

《欢会与别离》实际有两条描写线索。第一条是理性与激情，第二条是时间与空间。具体地说，理性表现在诗歌的中段，主要通过对周围险恶环境的描写实现。激情表现在诗歌的开始和结束段落，主要通过对爱情的期待与渴望实现。《欢会与别离》的时间与空间对应体现在整首诗歌的架构上。无论是人物刻画还是景物描写，处处都能感觉到时间的流动和空间的压迫。空间元素的介入使得歌德的爱情诗与叙事诗现出区别，场次感的强势介入让注重精神叙述的爱情诗有了极强的世俗话语权，作品的趣味性因之得到了提升。从某种程度上说，《欢会与别离》得以广泛传播，除了诗歌本身的思想价值和艺术魅力，作品所具有的极强的阅读性也是主要原因。

《欢会与别离》的第一部分描绘的是抒情主人公的喜悦之情。通过约会前的心境描写，诗人将"欢会"阐释得淋漓尽致。"想到就做到，毫不踌躇"，既是写实，也是歌德人生经验的经典感悟。但是，理性分析虽能撑起诗歌的骨骼，却无法使其血肉丰满。在接下来的段落里，诗歌描写重又回到了感性的王国。所不同的是，被诗人再颂扬的爱情不再纯粹，里面不仅包含有明显的俗世元素，而且被周围恶意的诋毁和诽谤所包围。诗人对前途的忧虑变成了对周围环境的恐惧和怀疑，诗歌的"别离"主题由此诞生。有欢会就会有别离，欢会让别离愈加痛苦，别离使欢会更加甜蜜。《欢会与别离》反映出了歌德强烈的忧患意识，居安思危因之构成了歌德抒情诗的显著特征。情感的转换让诗歌的主题变得更加深刻，抒情诗中不易出现的情节描写亦变得容易和简单。《欢会与别离》虽然是一首爱情诗，但诗歌的主题却是围绕"别离"而不是"欢会"展开。"欢会"虽处于诗歌的表层，但却并无"别离"显眼。尤其是"欢会"与"别离"之间的对立关系，更是以一种隐性的方式存在于诗歌的始终。通过隐喻暗示诗歌的"别离"愁绪和抒情主人公的忧患意识是歌德最主要的创作手段，云峰之上的月亮透过雾纱对世界的凄然观照和在人的耳边发出哀号的晚风因此显得自然。为了避免描写突兀的产生，在诗歌的转折阶段诗人特意为月亮和晚风加上了明显的欢乐元素。诗人最后得出了这样的结论：黑夜虽然创造出了无数的妖魔，抒情主人公的心情却非常振奋，他血管里的火在炽热燃烧，没有因为妖魔的干扰而熄灭。最后一句"想走就走，立刻出发"是抒情主人公捍卫爱情的决心总结。

"欢会"与"别离"的结合让《欢会与别离》这首普通的爱情诗变成了思考人生的哲理诗，跌宕起伏的细节设计增加了作品的艺术表现力。思想和情绪的变化不仅存在于诗行与诗行的连接中，而且还存在于段落与段落的转折内。通过这样的描写，歌德对爱情和理性的思考变得更加丰富。矛盾的思想和悬而未决的问题是提高文学张力的最有效手段，这就是余秋雨先生提出的文学"两难理论"。歌德在《欢会与别离》中巧妙地使用了与"两难理论"类似的写作手法，将诗歌的艺术水平提升到了一个崭新的高度。通过对甜蜜爱情的渴望和周围环境的担心，诗人完成了自己在爱情和婚姻认识上的"抒怀"和"言志"。

赋予俗世爱情以圣洁之光，这是歌德抒情诗的一般特征。通过这样的描写，歌德能够实现他对爱情的崇拜之情。《欢会与别离》中女抒情主人公的神性特征通过环绕在其周围的"艳丽的春光"得以实现。在歌德的认识中，"艳丽的春光"能够和凄凉的月光形成对抗，能够抵御住俗世的干扰。歌德对弗里德莉克·布里翁的赞美并非没有界限，在《欢会与别离》中描述的爱情并非纯粹的宗教情感。除了用抽象的思考表达自己的失望，诗人最后直接说出了"我虽渴望，却又不配获取"这令人失望的话语。人们固然可以将这句话理解成歌德对爱情的崇拜，但是，结合实际发生在歌德身上的爱情选择和他随之对弗里德莉克·布里翁的抛弃，这句话其实也是歌德潜意识思想和审美的自然流露。

此岸世界和彼岸世界的概念是支撑西方哲学体系的重要内容，歌德在《欢会与别离》中很好地诠释了两个世界之间的对立统一关系。俗世的爱情只有沐浴在精神世界的阳光下才会圣洁，彼岸世界的精神之美仅存在于此岸世界的自然之中。物质世界的基本存在自有其意义和价值，并非是对精神世界的机械模仿。基于这样的认识，歌德在《欢会与别离》中既对圣洁的爱情充满渴望，同时也不得不对现实做出让步。在"欢会"与"别离"的背后，起主导和引领作用的主旋律并非尘世的幸福，精神的苦闷与叹息才是本诗的基本格调。

《欢会和别离》作为歌德较早时期的诗歌作品，在创作手段上带有明显的模仿痕迹。诗歌段落之后的哲学观点虽然起到了画龙点睛的作用，但从另外一个角度和标准看，也许是并不十分精彩的点题却会限制住诗歌的想象空间，使之无法作更高更远的飞行。为此，著名哲学家黑格尔在著名的《美学》这样评论本诗："语言和描绘固然很美，情感固然很真挚，但是情境却很平凡，结局很陈腐，自由的想象也没有起什么作用。"

与弗里德莉克·布里翁的爱情走到尽头之后，歌德于1772年的春天来到了法兰克福。在韦茨拉尔的一家律师事务所，学习法律的歌德遇到了自己人生的第三个爱恋女友夏洛特。夏洛特是当地一名军官的女儿，此时的她已经与他人订婚。深陷爱河不能自拔的歌德痛苦不堪，甚至萌生了自杀的念头。对于歌德的痴情，夏洛特并未予以直接的回应，歌德为夏洛特创作的爱情诗，倾诉的仅是作者的单相思。1774年，得知夏洛特已经嫁人的消息后，歌德痛苦难耐，不仅写下了流芳千古的小说《少年维特之烦恼》，还创作了诗歌《得救》。在诗歌的开头，诗人描写了自己萌生的自杀念头：

> 我的爱人背信弃义，直弄得我愁眉不展。
> 水波在我面前流逝，我跑到了大河旁边。
> 我伫立着，绝望、无言，我的头脑好像喝醉，
> 我几乎要失足落水，眼前觉得一阵晕眩。

　　年轻的歌德第一次在情感上遭遇了自己的滑铁卢。与夏洛特几乎没有开始与结尾的爱情让歌德第一次体验到了失恋的滋味。在遭遇了所谓亲密爱人的抛弃之后，歌德跑到了河边准备投河自杀。这样的描写虽然有可能来自歌德真实的生活经历，但在这真实生活经历的背后，隐藏的却是歌德对爱情的崇拜。与其他爱情诗中抒情主人公所渴求的欢乐一样，歌德在这里是在向世人展示自己对爱情的忠诚。但是，理性的歌德并没有在这场情感挫折中消沉下去，少年维特的自杀悲剧也没有在歌德的身上重演。避免悲剧发生的因素很多，最关键的还是歌德自己的爱情与婚姻观使绝望的诗人得到了拯救。在歌德的词典里，爱情和婚姻仅是自己理想事业的组成部分，它们虽然重要，但却不是生活的全部。歌德的爱情崇拜从根本上难以摆脱理性的羁绊，爱情的重要性总是排在理性之后。因此，仅仅是在描写了些微的悲伤情感之后，抒情主人公就因一位丽人的出现得到了彻底的拯救：

> 突然有人大叫 ……原来是位丽人。
> ……
> 是你救我生命，我将永不忘记。
> 好事既做就要到底，求你伴我一生！
> 我向她倾诉衷情，她垂下眼皮倾听。
> 我们互相接吻，就此没有死的阴影。

　　和其他系列爱情诗不同，《得救》描述的是歌德被爱情抛弃的情感经历。

但是，从诗歌的艺术结构来分析，《得救》与其他系列爱情诗并无根本差异。在《得救》中，诗歌所描述的内容也主要是以时间为轴线展开，抒情主人公经历的也是喜悦和快乐两种情感。在诗歌的主题表达上，抒情主人公虽然对爱情怀有痴迷之心，但最终却并没有因为爱情的毁灭而消沉。从这一角度看，《得救》中的抒情主人公更符合歌德在现实生活中的本来面目，是歌德爱情观和婚姻观的真实写照。

《得救》描述的虽然是歌德的爱情经历，但却触及到了婚姻的内容。得到救赎的抒情主人公请求丽人陪伴自己一生，这样的情感描述在歌德早期系列爱情诗中还是首次。诗歌的这一描写暴露了歌德创作《得救》的潜在创作意识，对于夏洛特，歌德这次是动了真正的感情。

歌德早期的系列爱情诗以爱情崇拜为基础，表达的是诗人理性的婚姻观。诗歌的自我意识显著，存在感鼓凸。作为文学史料，歌德早期系列爱情诗是歌德文学研究不可多得的财富，作为艺术作品，歌德早期系列爱情诗带给人们以极大的精神享受。在德国文学史上，歌德早期系列爱情诗发挥了重要的启蒙作用，对于人们冲破欧洲教会的愚昧封锁，引导人类向自然和天性回归具有重要作用。

5. 爱情诗《给白琳德》中歌德的真性情

歌德的复杂爱情经历常给人造成这样的误解，多情的歌德心无定性，对待爱情缺乏必要的忠诚与坚贞。这样的结论对于歌德来说显然不够公平，从歌德关于爱情的表白和婚姻的选择来看，诗人都堪称情感的典范。歌德对爱情的"不懈"追求源自他对俗事俗务的反抗，归根结底是诗人性格中的精神洁癖所致。

《给白琳德》并非绝对意义上的情诗，以诗歌所表现的情感和主题思想来论，本诗更应该是一封委婉的绝交信。在《给白琳德》中，歌德表现出了自己的真性情，直言不讳地说出了自己对白琳德的期待与不满，情真意切之辞令人动容。

诗歌共计 5 个段落，传递的主要信息有爱情表达、希望实现的理想生活方式和对白琳德的要求。其中，希望实现的理想生活方式和对白琳德的要求是具体内容，爱情的表达则是通过以上两个内容实现。换句话说，《给白琳德》虽然是一首委婉的绝交信，但歌德对白琳德并没有情断义绝。抒情主人公的不满与抱怨暗含着明显的期待与希望，整首诗歌饱含爱意。与歌德在此前和此后创作的其他爱情诗相比，委婉的绝交信——《给白琳德》表现出的真诚让其更像是一首真正的情诗。在《给白琳德》勾勒出的纯美精神家园中，歌德心目中的女主人就是白琳德本人。

白琳德并非确有其人，在 18 世纪的欧洲，这个名字是诗人在诗歌中对自己的意中人的统称。歌德的白琳德的真实名字是伊丽莎白·薛涅曼，法兰克福一位银行家的女儿。26 岁的歌德与伊丽莎白·薛涅曼虽然订了婚约，但二人迥异的生活态度和作风却随即给这段浪漫的爱情蒙上了阴影。陷入痛苦与矛盾的歌德借用一件现实生活中真实发生的冲突，将自己所有的期望与失望在诗歌中和盘托出。这就是诗歌《给白琳德》诞生的缘由。

爱情虽然属于俗世情感，但却与精神世界无限接近。在歌德的潜意识里，爱情即使不能远离尘世纷争，至少也应该有属于自己的一方净土。作为银行家的女儿，伊丽莎白·薛涅曼痴迷于社交和舞会，作为一名诗人，歌德钟情的却只是纯粹的精神愉悦。当初恋的浪漫褪去了色彩缤纷的颜色之后，歌德与伊丽莎白·薛涅曼的感情终于爆发了危机。

在诗歌的第一个段落，歌德开门见山，直接将自己的疑惑与不满做了毫无保留的表达。豪华的处所和寂寞之地在诗歌中分别代表物质和精神两个世界，歌德明确表示，只有后者才是他钟情的场所：

> 为什么你强让我去 \ 那豪华之所？
> 好青年在寂寞深宵 \ 难道不幸福？

幸福是一个抽象的概念，歌德在诗歌的下个段落将抽象的幸福具象为甜蜜的睡眠。睡眠中的歌德并不孤单，月亮那令人战栗的幽辉就是诗人最好的陪伴。月亮在西方文化中的象征意义多与恐惧相连，歌德在诗歌中描写月亮，既为找寻心灵慰藉，也为衬托自己独处一室的凄凉。在诗歌的这个段落，歌德刻意强调了自己的可怜与无助。诗人在上个段落从心底喊出的幸福感至此已荡然无存。但这却不是歌德对自己恋人的抱怨，可怜与无助情绪的表达，最终实现的却是诗人对爱情的渴望。

> 密闭自己于斗室，静卧于床，
> 月光，这战栗的幽辉，
> 照耀着我，拥我进入梦乡。

从诗歌的第三个段落，歌德将描写的重心由尘世向纯粹的精神世界过渡。在歌德所有的与人类感情有关的诗歌中，理性的精神和纯粹的神性总是主角儿。"纯洁的欢喜"和"幸福的良时"就是纯粹的精神世界，只有在这样的基础之上，白琳德才会深印在歌德的心中，伊丽莎白·薛涅曼才会现出"可爱的清姿"。

歌德对自己恋人的赞美带有深刻的含义，除了精神愉悦，"清姿"也是歌德接受自己恋人的必要条件。与绝对的精神愉悦不同，"清姿"强调的是物质世界范畴内的清心寡欲，上文提及的诗歌描写重心由尘世向纯粹的精神世界的过渡证据就在于此。

随着近年来文学资料的不断挖掘和研究的逐渐深入，歌德在《给白琳德》中表述的对精神世界的向往有了另类的解释。一种观点认为，歌德之所以对伊丽莎白·薛涅曼心生不满，主要是歌德的自卑心所致。伊丽莎白·薛涅曼作为银行家的女儿，她所拥有的巨额财富让相对较为贫穷的歌德自惭形秽，为此，歌德拒绝与伊丽莎白·薛涅曼出入高级社交场所，想以此掩盖自己的经济窘境。这样的结论乍看合理，但却忽视了歌德作为精神贵族所看重的远大理想在其中的作用。如果一定要找寻影响歌德爱情和婚姻选择的社会因素，来自家庭的阻力可能是导致歌德和伊丽莎白·薛涅曼婚约解除的最大原因。根据歌德同时代人的回忆，歌德的父亲和妹妹都对伊丽莎白·薛涅曼不满，宗教的差异让一个有着虔诚信仰的天主教家庭难以接受歌德与伊丽莎白·薛涅曼的婚姻。但是，即使这样的结论成立，也丝毫影响不到歌德对纯粹精神世界的崇拜。对奢靡物质生活的厌恶和逃避不论是出于什么理由，歌德在《给白琳德》中表达的情感都富含精神元素。诗歌中进入歌德梦乡的"你"具有双重身份，"你"既是伊丽莎白·薛涅曼本人，也是歌德勾勒出的理想爱人。有意模糊的描写不仅实现了对伊丽莎白·薛涅曼的委婉批评，而且让俗世情感具有了神性色彩。《给白琳德》所表现出的对纯粹爱情的向往表明，歌德对伊丽莎白·薛涅曼依然满怀深情。作为一封绝交性质的情书，《给白琳德》表达的情感纠结而复杂。

加上此前的恋爱经历，歌德在爱情面前选择"逃跑"已经不止一次。歌德的情变并非因为喜新厌旧，与心上人之间产生的心理隔阂才是导致歌德早期恋爱频频失败的罪魁祸首。社会地位的差异不是阻碍爱情产生和婚姻幸福的关键，根据歌德的爱情和婚姻经历可以认定，精神的愉悦和心灵的沟通才是歌德看重的内容。歌德的爱情诗之所以广为流传，和人类世界愈加物质化和世俗化的现实和趋势有关。越是精神匮乏，人们对精神世界的美好和向往就越是渴望：

> 我梦见纯洁的欢喜，幸福的良时，
>
> 总有你可爱的清姿，深印在我心里。

　　歌德拒绝尘世的嘈杂，但却不拒绝尘世本身。"泛神论"哲学主张让歌德成为大自然的歌手，担当起了此岸和彼岸世界沟通的信使。以歌德的认识论观照人生，此岸世界的精彩远胜于彼岸世界。抽象的观念存在于具象的大自然之内，诗人的使命就是通过鲜活的艺术形象将它们尽力描绘。但是，此岸世界虽然魅力无限，但却自有其规范和标准。诗歌固然要描写和反映尘世的平凡与普通，但这平凡和普通却不包括庸俗和浅薄。因此，当伊丽莎白·薛涅曼将吃喝玩乐视为人生的主要需求时，作为诗人的歌德再也无法掩饰和压抑自己的不满和愤懑。当伊丽莎白·薛涅曼再次邀请一帮人在家里打牌时，恼怒的歌德再也顾及不到上流社会的礼节和客套，毅然回到卧室去倒头睡觉。面对歌德的伤害，伊丽莎白·薛涅曼也是满腹委屈。在她的眼里，歌德首先是属于她的丈夫，然后才是属于大众的诗人。歌德希望在尘世实现的诗意人生，在伊丽莎白·薛涅曼看来并不现实。在收到歌德的这首"情诗"后，伊丽莎白·薛涅曼虽然不舍，但却依然选择了分手。与歌德解除婚姻后不到一年，伊丽莎白·薛涅曼就嫁给了一位银行家的儿子。

　　歌德与伊丽莎白·薛涅曼的婚姻解除，当事双方都没有大错。作为诗人的歌德肩负西方哲学普遍看重的"神圣使命"，在揭示和反映世界乃至宇宙的本质之时，歌德不可能拒绝来自远方天庭的召唤。纯美的精神虽然不是上帝意志的代称，但却是物质社会最应看重和珍惜的内容。歌德的人生从头至尾都竭力在物质和精神之间寻找到平衡，任何超越自然限制和尘世底线的行为都不会成为歌德的选择。当歌德掌握不住二者之间的平衡而开始向自然倾斜时，他就是一个理性之人，反之，他就会成为一个充满激情的人。只有把握好平衡的支点，歌德才称得上一位真正意义上的诗人。当歌德在尘世游走时，他眼中的伊丽莎白·薛涅曼是一位合格的未婚妻，能够唤起他无尽的温情。当歌德在天庭游走时，他眼中的伊丽莎白·薛涅曼就成了庸俗的代称，再也无法让诗人心生怜爱。《给白琳德》中理性与激情的对立、此岸世界和彼岸世界的矛盾以及歌德在处理自己爱情与婚姻关系时的纠结皆由此而起。在这样的背景下，歌德不愿意陪伴伊丽莎白·薛涅曼出入高级社交场所的理由自然不能由物质或者精神的一方单独承担。在歌德看似超凡脱俗的责备声中，深藏着也许并不纯粹的动机。或者可以这样说，在歌德看似现实的要求下，实际反映出的是歌德的精神痛苦。

歌德的爱情虽然炽热，但却不会失去理性的控制。在诗歌的最后段落，一位天使给歌德带来了全新的爱情，失恋的歌德重又寻找到了"亲切和自然"的爱：

> 如今，那春花烂漫的原野，
> 我不再迷恋，
> 天使，只要你出现，就有爱、
> 亲切和自然。

《给白琳德》的结尾与歌德的另一首诗歌《得救》极为相似。在那里，一位丽人的出现医治好了歌德失恋的创伤，将他从死神的手中拉回到了幸福的天堂。《给白琳德》和《得救》中的丽人与天使并非歌德真实的爱恋对象，妲们在作品中表达的仅是歌德幻想中的理想爱情。

《给白琳德》中的抒情主人公直率坦诚，毫无隐藏自己的真实想法，是歌德真性情的真实表露。作为一首艺术作品，《给白琳德》通过生活的真实和对未来理想爱情的描述，得到了世人的普遍青睐。歌德一生创作了 2500 余首抒情诗，《给白琳德》作为爱情诗中的上乘之作，无论是思想意识还是审美情趣，与诗人之前创作的诗歌作品相比都有了明显的提升。表现在诗歌的思想内容上，《给白琳德》虽然记录的是诗人自己的情感经历，但波及和影响的范围却远远超越了这一界限。诗歌的诉求并非为歌德个人所拥有，它是天底下所有看重精神审美者的共同梦想。《给白琳德》消除了艺术普遍性与特殊性之间的隔阂，让具象的个人叙述和情感表达具有了抽象的共性特质。关于歌德的突破和创新，人们从《给白琳德》这一诗歌的题目上也能看出端倪。"白琳德"作为歌德时代女性的统称，她在诗歌中同时具有显性和隐性两个身份。显性的白琳德是歌德的女友，隐性的白琳德指天底下所有的女性。歌德在诗歌思想内容上的创新拓宽了诗歌的艺术表现空间，在《给白琳德》中，无论是抒情主人公赖以存身的时间坐标还是空间坐标，都得到了更加自由的展现。

《给白琳德》一诗的缺憾主要表现在对世俗生活方式的批判上。伊丽莎白·薛涅曼作为诗歌抒情主人公口诛笔伐的对象，她在作品中的形象并非令人深恶痛绝。近年来，《给白琳德》一诗的爱情和婚姻观之所以引起热议，除了时代因素的影响，诗歌批判深度的缺失也是造成这一结果的原因。诗歌表现内容的局限直接影响了诗歌的艺术表现力，从这一角度看，《给白琳德》的结尾之所以显得老套和敷衍，皆与诗人的思想忌惮有关。

在对精神生活的描述上，《给白琳德》的表现也并非尽善尽美。诗歌中的精神世界和纯粹爱情并未完全摆脱传统诗歌的影响，诗人所向往的没有低级趣味的高雅生活模式，整体上缺乏实在的思想和内容。歌德的理想是在现实生活中实现诗意的目标，而在本诗中，诗人并未完成这样的表达。在《给白琳德》中，理想世界的超凡脱俗虽然使得平凡的爱情不再平凡，但却给人一种虚无缥缈的印象与感觉。在这场激烈的对抗中，追求"诗意人生"的抒情主人公和追求"醉意人生"的白琳德胜负未定，充其量只是打了个平手。

6.《无休止的爱》：歌德流浪灵魂的寄托与归宿

歌德怀有极深的爱情崇拜情结。为此，歌德一生的诗歌创作直接或间接皆与爱情有关。但是，歌德的爱情并非脱缰的野马，在诗人无数首赞美爱情的诗歌中，诗人的炽热情感总是被理性的枷锁控制。

研读歌德的爱情诗篇，需要以深刻理解歌德关于爱情的认识为前提。爱情崇拜反映出了歌德的真性情，"无休止的爱"意为"爱无止境"，是歌德爱情诗的核心和和基石。在欧洲18世纪诗人和文学家的作品中，理性与情感的争斗从来都是后者获胜。歌德受当时德国"狂飙运动"的影响，更是将观念视为灭杀人性的暴戾工具和手段。

激情与理性的矛盾主要由歌德的哲学观和审美情趣引起。"泛神论"作为歌德推崇的思想体系，在诗人创作本诗时已经发生了悄然的变化。此时的歌德既主张个性释放，也有条件地承认神的意志。对人性的赞美让歌德思想活跃，行为做事讲究感觉，对神性的颂扬令歌德思想深邃，行为做事讲究逻辑。

歌德爱情诗中对爱情的主张虽然迥异，但却都统一在理性与感性搭建的平台上。基于这样的理由，理性的歌德经常充满激情，感性的歌德经常充满理性。感性与理性的平衡构成了歌德爱情诗的基本特征，即使是一些看似失衡的诗歌作品，从整体上看依然处在一种平衡的关系之内。

看重情感与理性的抒情主人公经常陷于无法自拔的矛盾和纠结之中，这从客观上提高了艺术作品的张力，但却给诗人带来了无尽的痛苦。生活中的歌德虽然在追逐爱情的过程中受尽煎熬，从事诗歌创作的歌德在艺术王国却顺利找到了自己的归宿。从诗歌《无休止的爱》所记录的爱情经历和思想顿悟来看，歌德通过下意识的诗歌内容和表现形式，在一个适中的距离找到了理想的爱情。不论歌德本人是否承认，歌德的理想爱情与婚外情都存在着极高的相似度。在歌德数目种类繁多的诗歌作品中，既超凡脱俗却又令人心旷神怡的爱情始终都是被颂扬和赞美的对象。反映在现实生活中，歌德的审美趣向自然幻化为对婚外情的痴迷。作为一种不为道德和伦理所容纳的情感，畸形的婚外情以一种既近又远的距离令歌德痴迷。婚外情所表现出的若即若离的情感让歌德的艺术生命长青，是诗人流浪心灵的精神寄托与最后归宿。

歌德惧怕实在的婚姻给自己自由的心灵戴上精神的枷锁，为此，年轻的歌德多次在爱情转为婚姻的前夜选择逃离。与凯卿·荀科普的初恋是这样，与弗里德莉克·布里翁的热恋也是这样。除此之外，即使是在歌德那些描写他自己被抛弃的诗歌作品中，逃离也都是诗人喜欢和擅长记录和叙述的内容。歌德虽然经历了多种多样的爱情，但让诗人刻苦铭心的却都与婚外情有关。婚外情让现实生活中的歌德既能享受到浪漫的激情，也能让在精神王国遨游的诗人不受俗世的干扰。《无休止的爱》中被赞美的女性是魏玛公国的男爵夫人夏洛蒂·封·斯坦因，魏玛公国的女官。

夏洛蒂·封·斯坦因气质高雅，容貌美丽。初到魏玛任职的歌德与夏洛蒂·封·斯坦因一见钟情，一生为其创作了40首热情奔放的诗歌。《无休止的爱》作为40首爱情诗中的代表作，以其独有的热情与浪漫在歌德的爱情系列诗中占有举足轻重的位置。本诗创作完成于1775年，当时的歌德26岁，正准备在魏玛公国施展自己治国理政的才能。初入仕途的歌德豪情万丈，面对横亘在自己面前的困难和崎岖，歌德表现出了少见的勇气和信心。整首《无休止的爱》仅将爱情放在首要的位置，在歌德早期爱情诗中常见的犹豫、矛盾与纠结荡然无存。

"无休止的爱"一方面象征歌德对夏洛蒂·封·斯坦因的思念连绵不绝，一方面象征爱情之树长青，虽历经灾难却茁壮依旧。根据歌德同时代人的回忆，歌德对夏洛蒂·封·斯坦因十分痴迷，"无休止的爱"就是歌德对自己这份情感的真实描述。此外，之前经历的种种磨难并未让歌德对爱情失去信心，"无休止的爱"暗示，歌德预言和期待的"丽人"已经降临。

《无休止的爱》并未直接描写爱情的甜蜜与美好。在诗歌中，抒情主人公对美好爱情的期待仅仅表现为一种"奇妙的痛苦"。为了得到这份期待已久的爱情，抒情主人公愿意否定之前他所有的人生价值，包括爱情。"熬过烦恼的生涯"和"抛弃那许多欢乐的年华"既是表白，更是忏悔。作为一个有着极强自尊心的诗人，为取悦他人而否定自我，这在歌德之前的诗歌作品中从未有过。从这一角度论，《无休止的爱》可谓开创了歌德爱情诗创作的先河。

夏洛蒂·封·斯坦因并非歌德的初恋，多情的歌德此前至少已经历过三场轰轰烈烈的爱情。夏洛蒂·封·斯坦因的魅力除来自她的美貌、气质和贵族血统，已婚的身份也是吸引歌德的重要因素。歌德心目中的理想爱情以精神契合为首要条件，没有婚姻的情感少有俗事俗物的纠缠，对于畏惧俗世干扰的歌德来说至关重要。歌德之前的爱情之所以频频失败，皆与婚姻行将带给诗人的社会责任有关。

歌德与夏洛蒂·封·斯坦因的情感维系了 10 年之久，这对于歌德来说实非易事。婚外情是歌德流浪心灵的寄托与归宿，在这里诗人能够保持住基本的精神洁癖。歌德视烦恼人生为畏途，为此不惜抛弃"欢乐的年华"：

> 我情愿熬过 / 烦恼的生涯，
> 抛弃那许多 / 欢乐的年华。
> 吐尽了心心 / 相印的情愫。
> 为何会产生 / 奇妙的痛苦！

作为歌德系列爱情诗中的一首，《无休止的爱》极具特色。在这里，幸福的期待变成了幸福的烦恼，爱情的甜蜜变成了"奇妙的痛苦"。对于全新的爱情体验，歌德也表现出了极大的困惑与迷茫。诗人不明白，为何在经历了多次的恋爱之后，他依然能够产生巨大的热情。

对社会责任的逃避是歌德痴迷婚外情的主因，但是，婚外情作为歌德流浪灵魂的慰藉并非存身于世外桃源。"泛神论"哲学主张仅令歌德拒绝接受伊甸园式的浪漫，歌德的精神世界因此带有明显的物质世界特征。夏洛蒂·封·斯坦因并非纯粹的说教者，她通过自己的人脉关系和经验指导和帮助初入仕途的歌德处理各种复杂的社会关系，使他得以在魏玛公国顺利施展自己的才华。

既有精神层面上的灵魂的沟通，也有物质层面上的心灵的契合，歌德与夏洛蒂·封·斯坦因谱写了一曲经典而美好的爱情之歌：

> 我应当逃避？
>
> 逃往森林里？
>
> 一切都徒然！
>
> 生命的冠冕，
>
> 幸福无休止，
>
> 爱啊，就是你！

　　歌德对理想爱情有着清醒的认识和定义。意识到了自己与夏洛蒂·封·斯坦因的婚外情有违伦理道德，歌德承认自己曾经试图选择逃避。但是，诗人的努力并未成功，在诠释了生命价值和意义的爱情面前，一切理性的选择都是徒劳。对于将爱情视为精神家园的歌德来说，即使是他一向看重的大自然的怀抱，也不能让陷入爱河的他抽身而退。歌德的"泛神论"哲学观点将自然置于观念之上，自然之美不是来自彼岸世界的抽象概念，自然之美源自自然本身。爱情作为自然的灵魂，在特定的时间和场合构成了美本质的核心。

　　诗歌中的森林并非歌德随意攫取的对象，它在歌德的词典里具有丰富的象征意义。作为逃避爱情折磨的处所，森林的宁静能给诗人带来心灵的慰藉。但这并非《无休止的爱》中森林的全部含义。作为纯粹精神的对立，歌德抒情诗中的客观世界经常扮演爱情的敌人。"逃往森林"从这意义上讲就是妥协与投降，是抒情主人公放弃精神追求的另类表达。

　　《无休止的爱》表达的对夏洛蒂·封·斯坦因的爱美好而深沉。多情的歌德之前虽然也有经典爱情诗问世，但与之相比却都显得苍白浅薄。或者是简单的幸福，或者是纯粹的痛苦，歌德早期爱情诗虽然显露出了诗人的卓越才华，但却并未彻底跳出这一怪圈。《无休止的爱》将爱情提升到了生命哲学的高度，首次完成了对德国古典文学的超越。歌德巨大艺术成就的获得与夏洛蒂·封·斯坦因有着直接的因果关系。从感性的角度讲，歌德与夏洛蒂·封·斯坦因的婚外情虽然相悖于伦理道德，但却符合歌德对理想爱情的审美。正是凭借着在歌德看来毫无瑕疵的爱情描写，诗人才完成了对自己的超越。从理性的角度讲，夏洛蒂·封·斯坦因改变了歌德的性格。年轻的歌德曾是德国"狂飙运动"的支持者和实践者，与夏洛蒂·封·斯坦因的交往让歌德逐渐认识到"狂飙运动"的幼稚，转而以一种更加符合文学规律的理念和方法从事诗歌创作。

　　歌德一生虽然恋爱多次，但让诗人刻骨铭心的爱情却仅有三次。除了《无休止的爱》记录和描述的与夏洛蒂·封·斯坦因的爱情，之前和之后发生的与夏洛特和维勒玛的爱情也令人印象深刻。与夏洛特的爱情故事直接催生了《少年维特之烦恼》，与维勒玛的爱情故事催生了著名的《东西诗集》。夏洛特与歌德相识时已与他人订婚，歌德的这场恋爱实际上也属于婚外情。与维勒玛相识相爱时的歌德已经 65 岁，30 岁的舞蹈演员带给歌德的婚外情让诗人再次焕发了生命和艺术的青春。歌德的这三场爱情虽然各有其精彩，但却都属于婚外情缘。类似的爱情经历发生在歌德身上并非偶然，从根本上说，这是歌德的一种下意识的选择，里面包含着绝对的必然。

7. 歌德的忏悔

——以《清晨的悲叹》《探望》《发现》《整年的春天》为例

论及歌德的诗和爱情，绕不过歌德与结发妻子克里斯蒂阿涅·乌尔皮乌斯的复杂关系。在艺术创作和情感两个至关重要的领域中，克里斯蒂阿涅·乌尔皮乌斯都是歌德人品与诗品的清晰观照。换而言之，作为歌德的结发之妻，克里斯蒂阿涅·乌尔皮乌斯的遭遇折射出了歌德复杂的内心世界和艺术创作理念。

为了给歌德的浪漫情史找到发生与存在的理由，世人不惜以各种污言秽语诟病歌德的婚姻和克里斯蒂阿涅·乌尔皮乌斯本人。长期以来，克里斯蒂阿涅·乌尔皮乌斯成了歌德婚姻关系中的罪人，而歌德则作为当事者，在这段婚姻关系中则成了人们同情和怜悯的对象。在《歌德和他的妻子》一书中，袁志英以详实的资料和最新的研究成果向人们描述了克里斯蒂阿涅·乌尔皮乌斯所遭受的种种误解和委屈，力争还给这位不幸的女子以应有的清白。

歌德对克里斯蒂阿涅·乌尔皮乌斯怀有的情感十分复杂，二人的结合并非如世人所认为的那样仅是为着肉欲的渴望与满足。恋爱之初歌德写给克里斯蒂阿涅·乌尔皮乌斯的情诗，虽然缺乏歌德惯有的热情，但却也温情脉脉，显示出了诗人对这位刺花女工的怜爱与珍惜。在诗歌《清晨的悲叹》中，歌德通过对克里斯蒂阿涅·乌尔皮乌斯一次爽约的描写，形象生动地记录下了克里斯蒂阿涅·乌尔皮乌斯对于诗人的不可或缺：

> 可恼可爱的轻浮姑娘，请问我怎么得罪了你，
> 你竟这样将我折磨，你竟把你说出的话收回？
> ……

> 我度过了焦急的一夜！因睡不着而数分查秒：
>
> 我的心始终保持清醒，假寐就是最好的休息，
>
> 我的心把我从微睡中唤醒。彼时我最感谢黑暗，
>
> 它静静笼罩住一切，我爱那无边无际的沉寂，
>
> 我在沉寂中仔细捕捉，远处你到来的声音。

《清晨的悲叹》虽然算不上诗歌精品，但却真实记录了歌德与克里斯蒂阿涅·乌尔皮乌斯恋爱初期的交往实景。对于歌德的情感经历，学界曾经将之分成三种类型，第一是精神愉悦型，其中的典型是歌德与夏洛蒂的交往。第二是精神和物质和谐型，其中的代表是歌德与维勒玛的交往。第三是物质享受型，其中的代表即为歌德与克里斯蒂阿涅·乌尔皮乌斯的婚姻。这样的结论看似有理，实则犯了主观臆想的低级错误。夏洛蒂虽然给初入仕途的歌德以实际的人生指导，甚至在艺术创作上也对歌德形成了重要影响，但诗人对夏洛蒂的好感并非完全建立在纯粹的精神层面上。由歌德写给夏洛蒂的诗歌可以得知，夏洛蒂这位魏玛公国的女官最初也是以自己的优雅和漂亮引起了天才诗人的注意和好感。维勒玛与歌德的私会虽然谱写了海德堡的爱情神话，但精神的愉悦和肉体的欢娱却并非始终保持着平衡。由此可以得出结论，歌德与克里斯蒂阿涅·乌尔皮乌斯的感情虽然平淡，但却也含有高尚的精神趣味。

歌德惯于在诗歌中赞美浪漫的爱情，但是，对于家庭，步入中年的歌德却也表现出了极大的认可。在一次出游中，歌德曾经发出了"东好，西好，不如在家待着好"的感叹。对于歌德来说，家并非精神的羁绊和桎梏，家更是其流浪灵魂的港湾。在诗歌《探望》中，歌德通过对已然入睡的克里斯蒂阿涅·乌尔皮乌斯的描写，勾勒出了一幅温馨的家庭美图。在诗歌的最后，歌德更是赋予了克里斯蒂阿涅·乌尔皮乌斯神性的容颜与品质，直接宣告和承认了他与妻子的精神契合：

> 轻轻打开她的卧室，看到她已安然入睡，
>
> 多么可爱，和衣而卧，睡着之时，尚在干活。

纤手交叠，攒着女红，那是她的线针和织物

……

她的嘴唇显出无言的贞淑，她的两颊显得娇媚可爱，

她那一颗纯洁、善良的心，在她的胸房里反复跳动。

她的手足全放得舒舒服服，仿佛涂过甘美的、神圣的香膏。

    歌德对克里斯蒂阿涅·乌尔皮乌斯的亏欠主要表现在两个方面。第一，当周围人对克里斯蒂阿涅·乌尔皮乌斯产生误解并施以言语攻击时，作为丈夫的歌德并未予以必要的反击。歌德的沉默导致了人们更深更大误解的产生，致使克里斯蒂阿涅·乌尔皮乌斯成了这段所谓无良婚姻的代名词。袁志英在《歌德和他的妻子》一书中通过史料整理得出了这样的结论："（克里斯蒂阿涅·乌尔皮乌斯）就是偏见的牺牲品。生前身后，遭人辱骂，所背恶名之多，罕有其匹。"第二，歌德于 1788 年将克里斯蒂阿涅·乌尔皮乌斯接回家中居住，但却直到克里斯蒂阿涅·乌尔皮乌斯逝世前夕才与其举行了正式的婚礼。长期未有名分的同居生活让克里斯蒂阿涅·乌尔皮乌斯成为人们的笑柄，不幸的女人为此不得不忍受来自歌德朋友、家人和情人的蔑视和攻击。

    1813 年，为了安抚沉疴在身的克里斯蒂阿涅·乌尔皮乌斯，歌德创作了著名的诗歌《发现》。诗歌除表现出了诗人对妻子的珍惜之情，还真实还原了歌德与克里斯蒂阿涅·乌尔皮乌斯交往的真实场景。歌德在《发现》中承认，他是克里斯蒂阿涅·乌尔皮乌斯的追求者，当初，他被像小花一样美丽的克里斯蒂阿涅·乌尔皮乌斯吸引，遂向她发起了爱情的追求。歌德的《发现》虽然算不上诗歌精品，但对于克里斯蒂阿涅·乌尔皮乌斯却意义重大。长期以来，人们诬蔑她是通过手段骗得了歌德的爱情，并在同居期间使诗人饱受精神折磨。歌德的忏悔还了克里斯蒂阿涅·乌尔皮乌斯一世的清白，让她在生命的最后时刻得到了心灵的慰藉：

看到荫处＼小花一棵，

像是明星＼又像明眸。

> ……
>
> 我就把它 \ 连根掘起，
>
> 带回家中 \ 栽在园里。
>
> ……

　　1816 年 6 月 6 日，克里斯蒂阿涅·乌尔皮乌斯因病去世。1816 年 5 月 15 日，歌德为病入膏肓的妻子创作了《整年的春天》。与《清晨的悲叹》和《发现》相比，歌德在本诗表现出了更加明显的忏悔情绪，对侍奉了自己几近 30 年的妻子克里斯蒂阿涅·乌尔皮乌斯给予了更加富有感情色彩的评价。《整年的春天》问世后不到 20 天，克里斯蒂阿涅·乌尔皮乌斯即撒手人寰。作为歌德的妻子，克里斯蒂阿涅·乌尔皮乌斯的嫉妒和暴戾脾气也许给歌德的生活带来了诸多的烦恼，但从根本上论，克里斯蒂阿涅·乌尔皮乌斯的"蛮不讲理"却是事出有因。歌德如果少有出轨和移情别恋的经历，克里斯蒂阿涅·乌尔皮乌斯亦不至于在大庭广众之下失态。

　　《整年的春天》从结构上可以分为两个段落。第一个段落对各种花朵和植物的描述暗指歌德以前的恋爱经历和婚外情关系。第二个段落对"可爱的心花"的描述明指克里斯蒂阿涅·乌尔皮乌斯。第一个段落是第二个段落的陪衬，整首诗歌的主题集中在对克里斯蒂阿涅·乌尔皮乌斯的赞美与颂扬上。

> 花坛的土壤 \ 已经松开，
>
> 摇曳的吊钟花 \ 像雪一样白
>
> ……
>
> 可是在园中 \ 最怒放的花，
>
> 乃是爱人的 \ 可爱的心花。
>
> ……

　　《整年的春天》虽然主题明确，但在描述内容的取舍上却令人疑窦丛生。第一段落作为象征或者比喻的喻体，在整首诗歌中所占的位置偏重。诗歌的结构因之失衡，歌德的忏悔之意也大打折扣。之所以出现这样的缺憾，较为客观可信的解释只有一个，那就是歌德在委婉表达自己的歉意，他对各种花朵和植物的描述，实际都以真实的爱情经历和感受为基础。

歌德在《整年的春天》中并不避讳自己的恋爱经历和婚外情感，这样的描写一是基于忏悔之心，二是基于生活的真实。"整年的春天"具有极高的象征意义。作为歌德的妻子，克里斯蒂阿涅·乌尔皮乌斯带给诗人的是一年四季都未曾缺失的春天。正如诗歌末尾所言，"她的心花，永远开放"。

为了突出描述克里斯蒂阿涅·乌尔皮乌斯的恒定如一的品质，歌德除了在诗歌的后半部分集中予以赞美外，还在对具体花朵和植物的描写上下足了功夫。在歌德的笔下，无论是开得"如火如荼"的番红花，还是"得意洋洋"的樱草和"淘气的"紫罗兰，在看惯了世态炎凉的诗人的眼中，它们都如过眼云烟。诗歌这个段落的总结性语气暴露了歌德的审美趣向。面对疾病缠身的妻子，歌德真正体会到了真爱与假爱的区别：

番红花开得 \ 如火如荼，

……

樱草因好奇而 \ 得意洋洋，

淘气的紫罗兰 \ 故意躲藏；

世间万物 \ 欣欣向荣，

春天总是在 \ 积极活动。

与歌德同时代的作家、诗人、朋友对歌德的婚姻大都抱有同情与怜悯之情，个中原因主要由克里斯蒂阿涅·乌尔皮乌斯的目不识丁所致。在他们的眼中，克里斯蒂阿涅·乌尔皮乌斯影响了歌德艺术才能的发挥，二人夫妻关系上的精神阻隔导致了诗人整体生活的不幸与灾难。

歌德在《整年的春天》中替克里斯蒂阿涅·乌尔皮乌斯做了最有力的辩护。诗人不仅承认了自己对克里斯蒂阿涅·乌尔皮乌斯美貌的喜欢，而且还承认克里斯蒂阿涅·乌尔皮乌斯的温情给他的思想带来了灵感，是他诗歌中快乐元素的源头。歌德对克里斯蒂阿涅·乌尔皮乌斯的赞美并没有停留在物质和艺术两个相对狭窄的空间，对于自己妻子身上所具有的神性精神与气质，歌德也予以了委婉的颂扬。在更深更广的层面承认克里斯蒂阿涅·乌尔皮乌斯的价值，是歌德在《整年的春天》中表现出的对自己妻子的最大忏悔。

阴凉处的小花代表克里斯蒂阿涅·乌尔皮乌斯的躯壳，含情脉脉的秋波象征克里斯蒂阿涅·乌尔皮乌斯的灵魂，一年四季永不凋谢的"心花"概括了克里斯蒂阿涅·乌尔皮乌斯的神性气质。歌德向自己的妻子保证，他欣赏和赞美的自然之花终会衰败，只有心灵之花未有终期：

> 她的秋波 \ 总含情脉脉，
>
> 使歌觉醒，让话明快；
>
> 她的心花 \ 总是绽放，
>
> 认真时亲切，玩笑时纯良。
>
> 夏天虽送来 \ 百合和蔷薇，
>
> 跟我的爱人 \ 却无法媲美。

《清晨的悲叹》《探望》证明，歌德对克里斯蒂阿涅·乌尔皮乌斯并非绝无情义与共同语言，在恋爱的初期，克里斯蒂阿涅·乌尔皮乌斯以自己姣好的容貌和淳朴心灵征服了歌德，让他心甘情愿地将她接回家中。《整年的春天》对克里斯蒂阿涅·乌尔皮乌斯的一生做了总结，承认在物质、精神和神性三个层面上克里斯蒂阿涅·乌尔皮乌斯都对歌德的生活和艺术创作具有影响。清晰的理性思维虽然形象表达出了诗歌的主题，但诗歌的情感表现却受到了限制。无论是在《发现》还是《整年的春天》里，歌德的忏悔都更像是完成一项既定的任务。

实际生活中的歌德在妻子谢世后并没有停下他追逐爱情的脚步。多次的恋爱和婚外情经历让人不得不怀疑歌德在《发现》和《整年的春天》中忏悔的诚意。其实，这样的要求对于歌德来显得过于苛刻。歌德的忏悔仅局限在他与克里斯蒂阿涅·乌尔皮乌斯的关系上，对于抽象的爱情，诗人在这两首诗歌中并未触及。

8. 歌德抒情诗《野蔷薇》中的民歌元素

1770 年，歌德到法国的斯特拉斯堡大学研读法律。在这里，歌德结识了著名的文艺评论家赫尔德尔。赫尔德尔全名约翰·哥特弗里德·赫尔德尔（Johann Gottfried Herder 1744—1803），德国古典哲学家、德国启蒙运动思想家、"狂飙突进运动"的引路人。他从类似于唯物主义的经验主义的立场出发，同自己的老师康德所主张的不可知论和二元论进行了激烈的争论。他的历史哲学思想和美学思想对年轻的歌德产生了深远的影响。正是接受了赫尔德尔的建议，歌德才开始了对德国民间文学的调研学习，并将民歌元素用于自己的诗歌创作实践。

歌德对民间文学的接受共有两个内容。第一是诗歌创作技巧的改变，第二是诗歌主题思想的提高。诗歌创作技巧和主题思想的改变与提高概括了歌德向德国民间文学学习的基本内容，是歌德这一时期学习和思考的全部经验总结。歌德抒情诗中民歌元素发生与存在的基础是赫尔德尔的唯物主义经验论，正是凭借着对经验和经验主义的信服，歌德才开始在德国民间文学中寻找艺术创作的灵感。歌德的试验摆脱了歌德早期抒情情诗对德国古典主义文学的依赖，开始将德国本土以外的和历史的文学经典当作创作的范本。歌德抒情诗中所谓的经验，实际建立在众人对客观世界的把握上，个人感受不属于这一范畴。

民歌对歌德的抒情诗创作产生了重要影响，从 1770 年开始直至相当长一个时期，歌德的抒情诗均现出了明显的民间文学特征。需要强调的是，歌德对民间文学营养的汲取并非单一和绝对，歌德对德国民间文学营养的汲取始终未脱离德国"狂飙突进运动"的如影随形。基于这样的理由，歌德对德国民间文学的学习和借鉴也自有其固定的对象和目标，歌德所有的学习和研究均建立在张扬和释放人性的基础之上。

德国民间文学扩大了歌德观察生活和反映生活的视野，丰富了歌德抒情诗的内容，提高了歌德抒情诗的质量。民间文学元素的介入让歌德更加注意文学的本质和作家的使命，歌德开始试图在一个更加抽象和广阔的层面去反映和揭示生活的真实。《野蔷薇》描写的爱情故事并非作者的实际体验，之所以能够引起共鸣，和作品本身的故事模糊性和情感表达的不确定性有着极大的关联。由于少了明确的主题和舆论导向，《野蔷薇》的文学张力被放大到了极致。自此，歌德的抒情诗创作开始走出个人的小天地，不仅题材愈加丰富，而且感受也更加趋于大众和平民。通过这样的手段，不仅《野蔷薇》中的爱情故事本身成了人们注意的对象，而且隐含在爱情故事背后的人类一般情感体验也成了众人关注的焦点。《野蔷薇》的成功经验说明，摆脱了作家个人体验的艺术形式更具有揭示生活真实规律的能力，个人的试验和经验只有走与社会实践相结合的道路才是艺术创作应该遵循的宗旨和根本。

德国民间文学改变了歌德诗歌创作的模式，作品的叙述不仅根据时间顺序展开，场景描写也成为作者最为倚重的手段。既注重时间元素也注重场景元素的艺术形式让歌德的抒情诗创作走出了个人的狭小天地，朝更加擅长描写和反映普遍人性的解放和自由这一方向转移。在《野蔷薇》中，时间元素规定了男女主角儿出场的顺序，场景元素规定了男女主角儿出场的心境。在时间元素和场景元素的双重作用下，抒情主人公也开始隐藏在作品的背后，不再以自己喋喋不休的议论和情感体验充当作品中的另一个显性主人公。显性抒情主人公的消失在一定意义上意味着作品自我意识与自我存在的消失，这对于从小发誓要完成人类神圣使命的歌德来说至关重要。很多研究者认识到了歌德小说《少年维特之烦恼》和剧本《葛兹·冯·贝里欣根》中包含的德国"狂飙突进运动"的典型元素，殊不知这些典型元素在歌德的抒情诗中也显著存在。德国"狂飙突进运动"带给人们的不仅是思想上的革命，而且还有艺术表现形式上的创新。

抒情主人公是诗歌主角儿的灵魂，经常以各种各样的艺术形象出现在主角儿的面前。他们或者抒情、或者悲歌、或者议论、或者感慨，间接或直接与诗歌主角儿的遭际和心境产生联系，是诗歌主角儿既理性又感性的观照物。但是，在很多时候，抒情主人公却也是诗歌作者的影子。他们所有的思想与行为皆是诗歌作者意志的体现，与诗歌中的主角儿并无直接的关联。抒情主人公和诗歌主角儿以及诗歌作者之间的紧密联系拉近了诗歌与受众之间的距离，使得诗歌所擅长表现的情绪和情感更容易得到完全的释放。直接从民间文学的宝库中而并非是从自己的体验中获取素材的写作方法削弱了抒情主人公的作用，作品中作者的主观意志和影响力也因此显著降低。主观元素减少客观元素增加的事实增强了诗歌主题表达的正确率，艺术对生活的观照度也随即增高。以《野蔷薇》为例，诗歌的一级主题虽然是赞美爱情，但爱情之外的二级主题例如勇敢也得到了顺利释放。因为打破了作者自我对作品把控的专权，《野蔷薇》的思想内容和审美意识皆得到了提升。

　　《野蔷薇》深受德国"狂飙突进运动"的影响，主题思想主要围绕人性展开。人性的解放和自由有多种多样的表现形式，爱情作为最能体现人性本质的情感，向来是歌德愿意和擅长描写的内容。与以往的爱情诗不同，《野蔷薇》的叙述建立在大众实践的基础之上而并非个人经验的感受之上，作品因此出现了两个看似对立的思想倾向，单纯主题也随之变得复杂起来。其实，在将民间文学的元素融入自己的创作后，歌德在《野蔷薇》中开始了他客观反映生活和揭示生活的真正的作家旅程。通过拉开诗人和诗歌内容以及抒情主人公之间的距离，《野蔷薇》对诗歌主题和情绪的把控变得更加客观。受客观叙述条件影响，《野蔷薇》整首诗歌虽然仅存有一个主题，但在诗歌的细节甚至情节的展现过程中却会有另类的声音出现。这样的结果并没有导致《野蔷薇》主观感染力的降低，相反，由于诗歌主题的伪多元性描写的出现，《野蔷薇》具有了更加真实的艺术生命力。基于以上论证，任何试图将《野蔷薇》直接和德国"狂飙突进运动"进行对接的努力都是愚蠢的行为。"野蔷薇"不是弱者的形象，它也没有与命运进行过任何的抗争。"野蔷薇"和"野蛮少年"在诗歌中都是人性解放和人性自由的受益者，甜蜜的爱情是他们在诗歌中唯一的环境伴侣。"这首诗是歌德对于骑士时代野蛮的求爱方式，以及对骑士不尊重女人情感自主的控诉……也有人说诗歌是在赞美人类的抗争史，是一切反叛精神的颂歌……是对权威的蔑视，对社会不公的控诉。"有了以上分析，这些结论的荒谬当不攻自破。

人性和人性解放是《野蔷薇》唯一褒奖和颂扬的内容。为了目的的实现和与民歌的艺术风格吻合，歌德除了为本诗严格规定了单一的主题，还在语言的使用上注意保持鲜活的口语色彩：修饰名词的形容词被大量消减，冗长的句子被短小精悍的句子代替，诗歌中出现的名词不仅浅显易懂，还且还被控制在一个相对安全的使用频率内……歌德的改造不仅没有让《野蔷薇》失去民间文学原有的生命力，而且赋予了这首短诗更加深厚和高远的审美功能：

少年看到一朵蔷薇，
荒野的小蔷薇，
那样的娇嫩可爱而鲜艳，
急急忙忙走向前，
看得非常欢喜。
蔷薇，蔷薇，红蔷薇，
荒野的小蔷薇。

少年说："我要来采你，
荒野的小蔷薇！"
蔷薇说："我要刺你，
让你永不会忘记。
我不愿被你采折。"
蔷薇，蔷薇，红蔷薇，
荒野的小蔷薇。

野蛮少年去采她，
荒野的小蔷薇；
蔷薇自卫去刺他，
她徒然含悲忍泪，
还是遭到采折。
蔷薇，蔷薇，红蔷薇，

荒野的小蔷薇。

　　《野蔷薇》突出作品中"他者"的地位，着力消减自我经历和自我意识的影响。尽管如此，《野蔷薇》中依然依稀可见作者的影子。为使文学典型成为恩格斯所说的"这一个"，作家的自我实践和个性体验不应受到一丝一毫的忽视。创作《野蔷薇》之前，歌德刚刚和弗里德莉克·布里翁分手。足够的材料证明，歌德的《野蔷薇》是为弗里德莉克·布里翁而作。与以往的创作方法不同，歌德在《野蔷薇》中并没有将真实的爱情经历直接移植到作品中来，他在这里借用了一首民间歌谣，将自我经历和自我意识委婉折射在了作品当中。歌德对《野蔷薇》中少年采折野蔷薇的情境十分欣赏，不仅在本诗将之用于描述他和弗里德莉克·布里翁的爱情，而且还在创作于1813年的诗歌《发现》中用于描写他与妻子克里斯蒂阿涅·乌尔皮乌斯相识相恋的过程。所不同的是，本着遵循生活真实的原则，《发现》中的少年即为歌德本人，少年采折的也并非带刺的蔷薇，取而代之的是一朵艳丽的小花。由歌德对《野蔷薇》中少年采折野蔷薇的借用和挪用可以得出这样的结论，即使是汲取了德国民间文学的丰富营养，歌德原先赖以生存和发展的理论基础和审美原则也依然没有丢弃。《野蔷薇》中的"他者"并非是诗歌作者的替代者，一旦跨越了这一界限，事物就会走向完全的反面。所以，德国民间文学对歌德抒情诗的影响仅限于完善和丰富的层面，片面夸大民歌元素在歌德抒情诗中的作用和占比，对于正确阐释二者之间的联系会形成阻碍。

　　《野蔷薇》以颂扬人性和赞美爱情为宗旨，发表后受到了读者和评论家的广泛好评。《野蔷薇》的成功让年轻的歌德更加自信，从此更加坚定地行走在文学试验和文学改良的道路上，成为具有承前启后作用与价值的德国文学巨匠。《野蔷薇》发表后，共有包括舒伯特、龙贝尔格在内的音乐家为其谱曲达百种以上，《野蔷薇》由此成了最著名的世界名歌之一。

9. 歌德《纺车旁的格雷欣》中的精神追求与道德设定

作为诗人，歌德为自己设定了崇高的精神目标。为此，歌德不惜摒弃富贵人生和幸福爱情，一辈子行走在探寻之路上。浮士德是歌德为精神的自我所作的画像，通过这一艺术形象，歌德的崇高精神目标得到了具象的解释。《浮士德》中的浮士德即为精神的歌德，《浮士德》中的诱惑者梅菲斯特即为物质的歌德。在《浮士德》中，歌德通过对浮士德和格雷欣之间爱情关系的描述，间接委婉地将精神歌德的高尚展现在了人们的面前。

《纺车旁的格雷欣》并非一首独立的诗歌作品，它是歌德《浮士德》中女主角儿格雷欣坐在自己闺房的纺车旁对浮士德发出的爱的表白。"纺车旁的格雷欣"为后人所加，后经舒伯特谱曲逐渐演变成为一首独立的音乐诗歌作品。

作为一首音乐作品，《纺车旁的格雷欣》的主题仅是爱情。不同时代和不同音乐人虽然对爱情的理解有别，但在诠释爱情的美好这一大方向上却并无根本的不同。但是，作为《浮士德》中的一个场景，《纺车旁的格雷欣》无疑蕴含有更为深刻的含义。甚至可以给出这样的结论，音乐人演奏的《纺车旁的格雷欣》和歌德笔下的《纺车旁的格雷欣》就是两个不同的作品，前者仅仅是借着后者的外壳，实际阐释的根本就是另外的生活感受。自歌德《浮士德》问世以来，经过音乐人的加工和演绎，音乐诗歌作品《纺车旁的格雷欣》已经独立于《浮士德》而独立存在，成了另一部诠释生活与爱情的经典作品。两个《纺车旁的格雷欣》之间的连接仅是作品的名称和它们共同反映的爱情主题。换而言之，歌德笔下的《纺车旁的格雷欣》仅是因为其本身包含有对纯美爱情肯定与赞美的内容才得以和舒伯特钢琴演奏下的《纺车旁的格雷欣》形成了形式上的契合。为《纺车旁的格雷欣》谱曲之前，舒伯特在音乐界尚属无名之辈。为《纺车旁的格雷欣》谱曲之后，舒伯特成为了音乐大家。随后，舒伯特致力于歌德诗歌的谱曲工作，不仅扩大了歌德诗歌作品的知名度和影响力，而且使自己在音乐方面的才能在世界范围内得到更加广泛的认可。歌德的诗歌成就了音乐大师舒伯特，音乐大师舒伯特反过来让歌德的诗歌更具人气。

　　歌德笔下的格雷欣的爱情包含有复杂的内容，它既代表人类的美好感情，同时也是人类纯粹世界与精神追求的障碍。在《浮士德》第一部中，百无聊赖的浮士德为复活节的钟声所感动，决定抛弃因对生活失望而产生的绝望心境，去追求一种积极向上的乐观生活方式。"否定的精灵"梅菲斯特极力阻挠浮士德积极生活目标的实现，他把浮士德引入到一个充满物欲的世界，等待他失去初心，重新回到苟且偷安的骄奢淫靡生活模式中去。格雷欣就是浮士德在充满物欲的世界中遇到的爱情，这段爱情一方面因为浮士德的精神追求而不得不以悲剧的形式结束，格雷欣也因此成了一名受害者，同时，因为肩负着考验浮士德信仰的任务，这段爱情作为精神世界的对立，也带有明显的世俗色彩。基于《浮士德》所描述和揭示的人类极为丰富和复杂的物质和精神生活的本质，对格雷欣的爱情不可能用正面和反面的简单字眼来下结论。但是，从浮士德受到的来自梅菲斯特的诱惑和反诱惑的故事线索来看，格雷欣的爱情即使无限美好，却也难以完全减掉邪恶的嫌疑。正是基于这样的理由，《纺车旁的格雷欣》才会袒露出自己全部的热情，一首意在诱惑的情歌才会被后人以多种艺术形式传诵，成为赞美和表现人类美好情感的经典爱情诗歌：

我失去安宁，内心烦闷；

要找回安宁，再也不能。

他不在身旁，到处像坟场，

整个世界，使我悲伤。

我可怜的头，疯疯癫癫，

我可怜的心，碎成万段。

我失去安宁，内心烦闷；

要找回安宁，再也不能。

我眺望窗外，只是望他，

我走出家中，只是找他。

他高迈的步伐，高贵的雄姿，

口角的微笑，眼睛的魅力。

像悬河似的，他的口才，

他的握手，啊，他的亲嘴！

我失去安宁，内心烦闷；

要找回安宁，再也不能。

我的胸怀，思慕着他，

唉，但愿我能，紧抱住他，

让我吻他，吻个酣畅，

受到他亲吻，死也无妨！

　　歌德把格雷欣的爱情视为浮士德精神追求的敌人，这样的认识源自他对德国思想启蒙运动的理解与接受。实际上，《浮士德》的创作虽然贯穿了歌德生活的始终（60 年），但《浮士德》的最初创作冲动和灵感却无疑来自歌德对德国"狂飙突进运动"的痴迷。德国"狂飙突进运动"并非一项独立的文学革命，它是德国思想启蒙运动的重要组成部分。德国思想启蒙运动共经历了三个阶段，第一阶段从 1690 年始，至 1720 年止，标志性成就为哲学家雅各布·托马斯乌斯挑战宗教神学权威，开始用德语在大学课堂授课。第二阶段从 1720 年始，至 1750 年止，标志性成就为德国启蒙运动开始向德国各个社会阶层和领域渗透发展。第三阶段从 1750 年始，至 1785 年止，标志性成就为德国哲学家如康德、黑格尔和文学家如歌德的蜚声世界。德国启蒙运动属于欧洲启蒙运动的组成部分，主要成果的获得集于启蒙运动的第三个阶段。与欧洲其他国家不同，文学在德国启蒙运动中扮演了极为重要的角色，德国启蒙运动之所以在第三个阶段成绩斐然，主要仰赖于德国文学界在这一时期开展的"狂飙突进运动"。"狂飙突进运动"的代表人物就是歌德，作为 18 世纪中期德国最有影响力的诗人和文学家、戏剧学家，歌德几乎是仅靠一人之力扛起了德国"狂飙突进运动"的大旗。长期以来，歌德的诗歌通过德国"狂飙突进运动"早已和德国乃至整个欧洲思想启蒙运动紧密联系在了一起。作为推进人类文明巨大进步的关键人物，歌德的名字早已被镌刻在了人类文明史的纪念碑上。

德国"狂飙突进运动"是德国文艺形式从古典主义向浪漫主义的过渡阶段，也可以说是幼稚时期的德国浪漫主义。歌德在著名的小说《少年维特之烦恼》和历史剧《铁手骑士葛兹·冯·贝利欣根》中接受法国哲学家卢梭的思想主张，把歌颂"天才""自由"和主张"个性解放"视作文学的天职，并以此抗击来自欧洲教会的扼杀人性与情欲的愚昧与封建理念。在这样的大背景下，《纺车旁的格雷欣》所表现出的爱情虽然带有来自俗世的先天性残缺，但在反抗虚伪的宗教与教条的理性与观念时，它却表现出了强大的力量和令人无法拒绝的美好。但是，格雷欣的爱情不是《浮士德》第2部中海伦的纯粹爱情，格雷欣的爱情不能成为浮士德实现精神追求的动力与帮助。为此，在得知格雷欣日夜为思念自己而苦恼的消息后，浮士德表现出了这样的矛盾痛苦："恶棍（指梅菲斯特），从这儿快滚，不准再提到那个美人！别让我这半疯的神志对那美妙的肉体生了邪心！"（《浮士德》第一部第14幕）

歌德在德国文学"狂飙突进运动"中的思想主张和审美取向是正确解读和诠释《纺车旁的格雷欣》中爱情故事的关键。作为《浮士德》中的一个普通场景，《纺车旁的格雷欣》必然带有《浮士德》的思想和情感痕迹。格雷欣的爱情不可能得到天庭的祝福，歌德为浮士德和格雷欣二人设定的巨大社会身份差距为两人的爱情蒙上了浓重的阴影。浮士德作为一翩翩贵族，背负有崇高的人类使命，不可能与一个最高理想仅是过上相对富足和有尊严的生活的小市民生活在一起。在《浮士德》中，身份和性格的差异构成了浮士德和格雷欣之间悲剧爱情的基础，让浮士德有足够的理由在热情的格雷欣的面前选择逃离。但是，《纺车旁的格雷欣》并非一个普通的抛弃与被抛弃的爱情故事，在歌德的笔下，浮士德的背叛恰是他优良品质的证明，而对于格雷欣来说，她的痴情在一定程度上恰是她性格缺陷的反映。爱情虽然也没有直接让格雷欣变得贪婪，但却间接让格雷欣成为浮士德追求纯粹精神生活的障碍。格雷欣仅是把美好的爱情当成了生活的目标，而这一切对于有更高理想和追求的浮士德来说远远不够。浮士德的理想国永远在路上，无尽头的追求就是他永远的追求。

对于甜蜜的爱情，浮士德并非没有留恋。只是碍于对更高精神目标的追求，浮士德对此无暇顾及。关于这一点，浮士德曾经这样抱怨："在她的怀抱里是何等幸福？让我偎着她的酥胸取取暖吧！即便这样，可不我也常常感到她的困苦？可不我就是那个逃亡者，那个无家可归者？可不就是那个无目的、无宁息的怪物，像一道瀑布从陡崖奔向陡崖，狂热地咆哮着，一直向深渊奔去？而她却在一旁，怀着幼稚的痴情，在阿尔卑斯山区的小茅屋里给那个小世界圈住，一心忙着她的整个家务。"浮士德的追求对于人类社会来说意义深远，价值巨大。在当时物欲横流的欧洲，浮士德的追求犹如人类社会的一股清流，起到了净化人类生存和心灵环境的作用。但是，浮士德的追求对于格雷欣来说却意味着伤害。当浮士德选择继续奔波在寻找真理的路上时，枯坐在纺车旁的格雷欣能做的仅仅是以泪洗面，空对着远方表达自己对爱情的忠贞和无奈。站在浮士德的立场看格雷欣，后者的爱情显得渺小，经常表现出幼稚和狭隘的色彩。此时的格雷欣受缚于身旁的纺车，成了一个没有了理想和追求的农家姑娘。站在格雷欣的立场看浮士德，后者的理想虽然带有浓郁的空想成分，并且经常表现出可笑的荒唐。但是，浮士德却并没有因此失去其英雄的光环，他依然是格雷欣朝思暮想的恋人。

歌德的思想观念和价值取向决定了《浮士德》的主题，同时也为《纺车旁的格雷欣》所怀有的爱情打上了显著的标签。格雷欣的爱情永远成不了海伦的爱情，任何带有尘世特征的情感都不会为浮士德所接受。但是，随着时间的推移和世事的变迁，歌德原先的审美主张已然发生了翻天覆地的变化。伴随着浮士德的价值观越来越受到质疑，随之而来的是格雷欣的爱情越来越受到追捧和肯定。如今，《纺车旁的格雷欣》已悄然脱离了《浮士德》的影响与控制，成了人们追求美好人生的代名词。浮士德的人生目标在跨越了物质和精神世界的羁绊与束缚后，也逐渐演变成积极人生和消极人生之间的争斗，开始与格雷欣所追求的具有更加广泛意义的爱的世界转移。关于这一点，歌德问题研究专家绿原先生这样评论："《浮士德》……在 19 世纪回答了有关人生理想和人类前途的重大问题……到了 20 世纪，人类经历了空前严酷的考验和旷世的幻灭，一些知识分子对行动和进步产生了怀疑，《浮士德》的和解结局已不再那样富有魅力了。虽然如此，歌德关于两个灵魂的斗争的寓言并没有丧失其固有的积极意义，只是对于现代人类而言，这种斗争不再是在尘世的物质欲望和天界的精神圣洁之间进行，而是在否定善的追求和创造的一部分人的犬儒主义和进行善的追求和创造的另一部分人的奉献精神之间进行。"

　　歌德在《纺车旁的格雷欣》中并没有完全否定俗世爱情的美好与价值。在歌德的潜意识里，俗世爱情包含有纯粹的精神特质与内容。而所谓的纯粹精神，也包含有人类世界的丰富元素。歌德在《浮士德》中表现出的矛盾和在《纺车旁的格雷欣》表现出的对俗世爱情的赞美与怀疑都是由诗人心目中崇高的人类使命所致。"纺车旁的格雷欣"即使没有阻碍浮士德前行，她也没有可能蜕变为歌德心目中最完美的恋人海伦。从这一角度看，《纺车旁的格雷欣》并不是一首颂扬和赞美爱情的诗歌。诗人在《纺车旁的格雷欣》中所能体会到的俗世情感，在歌德原来的创作计划中既有优点，也有瑕疵。

10. 歌德宗教信仰的矛盾与纠结

——以《普罗米修斯》和《伽倪墨得斯》为例

18 世纪开始的欧洲思想启蒙运动在德国的文学界最终演变为"狂飙突进运动"。作为这一运动的倡导者、引领者和实践者，歌德努力通过自己的文学创作宣传思想启蒙运动的理论与价值，为推进整个人类的文明和文化进程向前发展贡献力量。"狂飙突进运动"肯定人类自身的价值与力量，看轻和否定宗教、尤其是基督教的功用，致力于在大自然中找寻神的意志与存在。歌德创作于 1774 年秋天的诗歌《普罗米修斯》，就是德国"狂飙突进运动"中最典型的文学力作之一。

1774 年秋天，歌德为戏剧作品《普罗米修斯》中的主人公普罗米修斯创作了诗歌《普罗米修斯》。《普罗米修斯》虽然是为戏剧中的主人公普罗米修斯而作，抒情主人公却依然带有歌德本人的价值取向与性格特征，诗歌反映的思想内容与歌德的人生经历密切相关，反映和代表了歌德本人的内心情感与心声。歌德在本诗中所表现出的反叛精神主要表现在对神的蔑视和对人的力量的崇拜上，作为激励人类砥砺前行的动力，《普罗米修斯》至今仍是人类获取精神力量的源泉。

作为"狂飙突进运动"的主将，年轻气盛的歌德主张个性的自由与解放，藐视建立在观念、宗教和道德基础之上的社会秩序。《普罗米修斯》的反叛精神并非诗人一时的感情冲动所致，它是歌德完整人生观和性格的生动体现。歌德是"狂飙突进运动"的摇旗呐喊者，歌德的骨子里包含有普罗米修斯式的叛逆精神。歌德性格中既有温文尔雅的一面，也有尖锐辛辣的一面。但凡触及到道德和思想的底线，歌德经常会做出激烈的反应。歌德不承认当时的德国有与他本人齐名的作家存在，认为只有伟大的莎士比亚才能让他顶礼膜拜。表现在对宗教问题的认识上，歌德锋芒毕露的性格自然形成为对神的轻蔑与鄙视。

歌德叛逆性格的形成和 17 世纪荷兰哲学家斯宾诺莎（1632-1677）有着直接的关联。斯宾诺莎在自己著名的哲学著作《伦理学》中论证了上帝、自然、心灵的起源和情感以及人类的被奴役和自由等诸多问题。在斯宾诺莎的哲学体系中，神、实体和自然这三个术语的含义并无区别。神即自然，神即实体。神是唯一的、无限的，神的本质就包含着神的存在之中。自然和实体是自因，即自己是自己存在的原因和根据，不需要别的东西来说明。不仅如此，神是万物的自由国，万物的存在以神为根据，预先为神所决定。任何别的方面的知识的获得都要以对神的认识为前提。斯宾诺莎的"泛神论"是形成歌德人生观、审美观的最主要的基础。正是在"泛神论"观点的影响下，上帝在歌德心目中才失去了神圣不可侵犯的地位，富含灵性与精神的大自然才成了歌德心目中最值得称颂和赞美的对象。

歌德诗歌中的自然景观富含神的旨意和人的灵性，缺少了精神的衬托，歌德诗歌中的自然景观将会黯然失色。歌德以自己的文学实践诠释斯宾诺莎的"泛神论"观点，使这一晦涩难懂的理论变成了生动形象的艺术作品。对于斯宾诺莎，歌德继承和学习的方法不是简单的机械模仿，歌德是以自己的人生经历和生活实践将欧洲哲学和美学的斯宾诺莎融化成了德国哲学和美学的文学作品。对于歌德对斯宾诺莎创造性质的继承与学习，诗人海涅曾经这样评论："歌德是文学中的斯宾诺莎，歌德的全部诗作充满了斯宾诺莎作品中那种鼓舞人心的精神"，"歌德的泛神论在他的短篇诗歌中表现得最纯粹，最可爱。斯宾诺莎的学说咬穿了数学形式的茧儿，变成了歌德的诗歌，飞舞在我们周围……它是那样轻盈曼妙，那样飘逸自如……"

在诗歌的起始段落，诗人借普罗米修斯之口，首先对宙斯的力量和权威发出了挑战。抒情主人公认为，宙斯的本领其实也很一般，他仅仅是擅长于散布轻薄的云雾，他手里的霹雳棒其实也没有什么过人之处，在不畏惧他的人眼里，霹雳棒只不过相当于儿童手中的一个小小玩具。抒情主人公浑身上下充满着一股英雄的豪气，他顶天立地，成了世界的真正主宰。他喝令宙斯回到自己的地盘去逞威风，在这里，只有他才是真正的主人：

> 宙斯，去把你的天空，布满云雾，
>
> 你手中的霹雳棒，和儿童的玩具一样，
>
> 去对橡树和山顶逞威风吧——
>
> 却不许你碰一碰，我的大地，我的小屋……

对宙斯的控诉不可能一直停留在这样的阶段，如果那样，即使是再强烈的情绪，也会令人产生厌倦之情。紧绷的精神需要舒缓，舒缓过后的紧绷才会显得更加有力。在接下来的诗行中，抒情主人公虽然也还是义愤难消，但与前文相比，他却已经基本平息了自己强烈的愤怒，开始用比较平静的语气诉说起了自己和宙斯之间那尽人皆知的恩怨。这既是一种声讨，也是对前文中抒情主人公产生如此巨大愤怒的一种合情合理的解释。

普罗米修斯与宙斯的矛盾和恩怨由来已久。根据希腊神话传说，在宙斯由于嫉妒普罗米修斯偏袒人类而将由普罗米修斯创造的天火盗走之后，普罗米修斯又用一根长长的茴香枝，在经过烈焰熊熊的太阳车时，巧妙地将火种盗回并带给了人类。愤怒的宙斯羞愤难当，遂将普罗米修斯带到高加索山，用一条永远也无法挣断的铁链把他绑缚在了一个陡峭悬崖的巨石之上，让他弯曲双腿同时永远不能入睡。不仅如此，宙斯还命令在普罗米修斯的胸脯上钉上一颗金刚石的钉子，派一只神鹰每天去啄食他的肝脏。就这样，日复一日，年复一年，普罗米修斯一直忍受了三万年的痛苦，直到后来被海格立斯救出。选用普罗米修斯和宙斯的故事作为宣泄自己反抗精神和不满情绪的题材，对于歌德来说是一件十分自然的事情。普罗米修斯的故事虽然已经被无数的文人墨客使用过，但在歌德的笔下，它却依然给我们带来了惊喜。无论是语言，还是思想内容，歌德都处理得恰到好处，整首诗歌带给人一种全新的感受：

> 在太阳下面，还有谁比你们群神更为可怜！
>
> 你们仅仅靠着供奉的牺牲，和祈祷的声息，

　　　　保持尊严，若没有孩童和乞丐，

　　　那些满怀希望的傻子，你们就要饿死。

　　本段落由对宙斯的诅咒和谩骂过渡到了对宙斯的怜悯。对于抒情主人公来说，这是一种仇恨，更是一种轻蔑。双方由敌对的平行架势转换成了力量相差悬殊的垂直架势。孰优孰劣，一目了然。普罗米修斯在这里提前宣布了胜利消息，这种声音显示出的是无比的自信和对自己所具有的精神和力量的崇拜。虽然被绑缚在了岩石上，虽然失去了自由，虽然每天都得忍受饿鹰啄食肝脏的痛苦，但普罗米修斯却并没有认输，他始终对最终的胜利充满信心。有趣的是，普罗米修斯在这里的身份带着明显的尘世特征。在和宙斯进行辩证之时，宙斯瞬间成了人类的代言。在众人眼中的宙斯庄重而威严，但在普罗米修斯看来，离开了人类的祈祷和供奉的宙斯却是连基本的生存都无法保障。为此，普罗米修斯大声呵斥：不是宙斯供养着人类，而是人类供养着宙斯！至此，歌德终于揭开了宗教的神秘面纱，将造物主和造物的关系彻底翻转了过来。

　　孩童、乞丐、满怀希望的傻子在此都指宙斯的盲目追随者。在西方文化中，上帝是父亲，所有的信民都是他的孩子。上帝教导人们信神，使他们相信最美好的社会形态（天国）存在于未来。但是，在普罗米修斯看来，相信未来、相信上帝的人都是些不折不扣的傻子。虽然通过欺骗，"群神"暂时获得了一些无知人群的供奉，但这毕竟不可能成为长久之计。"群神"是可恶的，同时他们又是可怜的。与强大的人类力量较劲，最终等待他们的只能是失败。

　　　　当我还是个孩童，不知天高地厚，

　　　　我张着迷惑的眼睛，向着太阳，

　　　好像那上面，有一只耳朵，会听我诉苦，

　　　有一颗心，像我的一样，怜悯受压迫的人。

　　　　谁帮过我对付巨人族的骄横？

　　　　谁救我脱离死亡，免于奴役？

　　一切不都是你自己完成，神圣的火热的心？

而你，年轻淳朴，受到蒙蔽，却对天上的酣睡者感谢救命之恩？

"孩童"一词在此处泛指信奉神明的时候。"迷惑"一词带有浓郁的宗教色彩。在信奉基督的西方人看来，世人皆为迷途的羔羊，只有将自己完全托付给上帝，他们才能最终使自己的灵魂得救，才能在耶稣第二次降临人世的时候复活。普罗米修斯在这里仍然是以人类的代表身份出现的，他责怪自己曾经像个孩子似的对宙斯怀有期望，认为他和自己一样对人世怀有怜悯之心。当然，在这个段落里，自责并不是目的，普罗米修斯主要是想通过这样的手段来表现自己的觉醒。普罗米修斯想告诉世人，宙斯对人类冷酷而无情，谁如果将希望寄托在宙斯的身上，谁就会像个孩童一样幼稚可笑。普罗米修斯曾经帮助宙斯战胜巨人族，使他获得了天上的统治权。但是，在随后发生的普罗米修斯和巨人族的争斗中，宙斯却没有为他提供任何形式的帮助。在遭遇困难和陷入窘境的时候，普罗米修斯都是依靠自己的心力予以克服和摆脱的。然而，对于这所发生的一切，还没有悟透生命真谛的普罗米修斯却错误地认为这都是宙斯的功劳。直到普罗米修斯被绑缚在了悬崖的巨石上之后，他才开始真正认清宙斯的本质。普罗米修斯不无痛苦地发现，正当人类在忍受着各种痛苦煎熬的时候，正当他与一切恶势力浴血奋战的时候，作为具有大力的宙斯，却早已经酣然入睡了。他不管不顾人世的疾苦，一颗心早已变得冰冷。通过普罗米修斯的批判，诗歌揭示出宙斯对人类不仅没有丝毫的善意和怜悯，而且在很多时候，他简直就是人类的敌人：

要我尊敬你？为什么？
你可曾减轻过负重者的痛苦？
你可曾拭干过忧心者的眼泪？
把我锻炼成男子汉的，可不是那全能的时间和那永恒的命运，
我的、也是你的主宰？

承接上文，本段落继续对宙斯的冷漠和无情发出愤怒的声讨。只不过这时

的声讨已经不是出于普罗米修斯和宙斯之间的"个人恩怨"。在这个段落里，普罗米修斯成了所有"负重者"和"忧心者"的代言人。宙斯的罪恶也不仅仅限于对普罗米修斯横加迫害这一件事情上，宙斯的罪恶是对着整个人类犯下的，普罗米修斯不过是做了人类的替罪羔羊。不仅如此，通过这样的叙述，普罗米修斯的形象也一下变得高大起来，因为他之所以和宙斯争斗，并不是为了自己的私利。至此，普罗米修斯和宙斯的对立跳出了个人恩怨的圈子，成为了具有普遍意义的真理之争。宙斯的恶行在这样的背景衬托下显得更加罪孽深重和不可饶恕。本段落在整首诗歌当中起着至关重要的"提升"作用。缺少了这个段落，普罗米修斯的形象就不够高大，心胸就不够宽广，眼界就不够开阔。缺少了这个段落，整首诗歌的思想境界就会降低一个层次。

"全能的时间"和"永恒的命运"带有浓郁的宗教色彩。"全能"和"永恒"的反义词是"片面"和"暂时"。在西方传统文化中，"全能"和"永恒"只存在于"彼岸世界"，它所针对的只是精神，而在人类居住的尘世，一切都是"片面"和"暂时"的。作为一个"泛神论"者，歌德对那个所谓的"彼岸世界"不感兴趣。他认为，真正的上帝就存在于世间万物之中，大自然中的一切自有其灵性，不需要任何造物主的恩赐与加冕。歌德赋予普罗米修斯重视自然、蔑视精神的品质，让他从"泛神论"的精神宝库中获取了充足的自信和力量。

普罗米修斯对人类十分友好，他不仅盗得了天火，而且在切割一头牛的时候，他还将牛皮和牛肉分配给了人类，留给宙斯的只是牛骨和牛油。除此之外，普罗米修斯还教会了人类欣赏艺术的本领。作为回报，人类对待普罗米修斯的态度也十分友好，他们以各种各样的方式颂扬他的功绩，赞美他的品行。宙斯对人类如此爱戴普罗米修斯大为不满，他发出指令，要求人类把最好的牺牲供奉给他，把最虔诚的心也献给他。为此，普罗米修斯代表人类向宙斯发问：

> 要我尊敬你？为什么？
> 你也许妄想，我会厌弃人生，遁入荒野，
> 因为美丽的梦没有全告实现？
> 我坐在这里，照我的样子造人，

造出跟我相似的种族：

去受苦，去受累，去享受，去欢乐——

而且不尊敬你，像我一样！

人生的艰辛阻止不住普罗米修斯前行的脚步，暂时的困难更打不碎他绮丽的梦想。面对挑战，普罗米修斯勇敢地选择了迎击。虽然在凶暴的宙斯面前，普罗米修斯的力量还不够强大，他也因此被锁在了岩石之上而无法实现自己"美丽的梦"，但他却不会"厌弃人生，遁入荒野"，如果真是那样的话，倒真是遂了宙斯的心愿。普罗米修斯深深地了解自己的任务和责任，他不无骄傲地对宙斯说，他的这些打算都是"妄想"，永远也不可能在自己这里得逞。

在希腊神话中，人是由普罗米修斯创造出来的。"照我的样子造人"和"而且不尊敬你，像我一样"，既包含了抒情主人公作为造物主的骄傲、自豪和得意，也包含了他的愤怒和与宙斯斗争到底的巨大决心。普罗米修斯相信人类的力量终究会逐渐强大起来，而那强大起来的人类，一定也会像自己一样，对宙斯的权威发出挑战，提出质疑，表现出巨大的战斗精神和反抗意识。人类最终会成为宙斯的大不敬者和敌对者，而不是成为他的拥戴者。

"去受苦、去受累、去享受、去欢乐"泛指尘世。普罗米修斯既了解天庭的生活，也知道人世的生活。在他看来，尘世的生活丰富多彩，一点儿也不比天庭逊色。尘世的生活虽然有"苦"有"累"，但同时却也有可以供人享受的"欢乐"。也许在宙斯看来，人类的生活是不幸的；但是在普罗米修斯的眼中，人类的生活却是充满着缤纷美丽的色彩。作为人类的创造者，普罗米修斯为人类拥有这样的生活而感到自豪。普罗米修斯不留恋天庭生活的舒适与安逸，甘愿在人间过虽然艰难却也充满乐趣的尘世生活。宙斯的力量虽然强大，但人类在他的面前并无所求。而这，也正是普罗米修斯最大的骄傲和敢于与宙斯斗争到底的最大力量源泉。

作为一个"泛神论"者，歌德关于宗教的认识与言论向来为欧洲天主教会所不容。但是，近年来歌德研究的新成果却开始在这一问题上提出质疑。通过梳理歌德的思想、言论以及文学作品，怀疑论者提出了这样的观点：歌德并非完全意义上的异教徒，在作为思想家和文学家的歌德的内心深处，实际存有虔诚的宗教崇拜和宗教情结，这种虔诚的宗教崇拜和宗教情结之所以长期以来遭受忽视，只是因它们与极端的和机械的天主教主张有差异。

平和的、中庸的天主教教徒认为，歌德的上帝存在于自然之中，在 18 世纪欧洲思想启蒙运动中，歌德是少数几位"在自然中看见上帝的人"。由此可知，歌德一生坚持和主张的"泛神论"，究其实也并非完全意义上的无神论。神是什么？神在歌德的心目中就是一切可令人类产生敬畏感觉的存在。大自然在歌德的哲学和宗教概念里不是单纯的自然，大自然中包含有上帝的意志、精神和思想。歌德的宗教崇拜和宗教情结包含在他对自然的尊崇之内，"泛神论"哲学主张的基础是典型的"二元论"而非"一元论"。

歌德的宗教崇拜和宗教情结明显反映在他的诗作《伽倪墨得斯》中。这首创作于 1774 年春天的诗以希腊神话人物伽倪墨得斯为原型，讲述的是伽倪墨得斯得到宙斯拯救并得以永葆青春的故事。通过颂扬宙斯的神迹，歌德清晰表达了自己面对自然时的敬畏之情和崇拜之心：

你映着晨光，在我周围多辉煌，

春天啊，爱人！

以千倍的爱的喜悦，在我心头冲激着，

你那永远温暖的，神圣的感情！

……

"如果有人问我，

崇拜敬畏基督符不符合我的天性，

我会回答：绝对符合！

——我要对他顶礼膜拜，

因为我视他为最高道德准则的神圣启示。

——如果有人问我，

崇拜太阳符不符合我的天性，

我会同样回答：绝对符合！

> 因为太阳是最高存在的启示，
>
> 也即为我们尘世中人有幸见到的最强有力的存在。
>
> 我崇拜它，因为它包含着神赐的光明和生殖力；
>
> 全靠着这些，我们人类还有和我们一起的动物植物，
>
> 才得以生存和繁衍。"
>
> ……
>
> 我去！我去！哪里去？啊，哪里去？
>
> 向上！努力向上。
>
> 白云飘然而降，白云垂向思恋的情人。
>
> 把我，把我抱在怀里，上天去吧！
>
> 抱着，抱着，上升到你怀里，博爱的天父！

　　歌德的宗教崇拜并非是对欧洲天主教教会组织和教义的崇拜，歌德心目中的基督也不是传统基督教教义所主张的宗教意义上的基督。蔑视虚伪道德与抽象观念的歌德认为，鲜活的大自然的背后隐藏着上帝的启示。人类的职责不是改变现状，而是寻找和见证上帝的存在。对自然的带有神性特征的崇拜体现了歌德的自然主义宗教观的主要内容，敬畏自然就是敬畏基督，就是敬畏歌德心目中的最有能力的　。为此，歌德在自己的作品中极力维护自然的尊严，视所有亵渎和看轻自然者为不共戴天的敌人。

　　即使是赋予了大自然以极高的神性特质，歌德在《伽倪墨得斯》中也依然将人类视为有超级能力的高级生命。人类的超级能力不是体现在对大自然的改造上，而是体现在对大自然所蕴含的各种神的启示的认识和理解上。歌德的这种观点源自歌德对创造这一哲学概念的全新理解上。歌德问题研究专家哈纳克这样评价歌德关于创造的观点："歌德相信人是创造的冠冕和目标，正是在人类的各种创造活动中，上帝开始建立一处为精神世界所准备的苗圃。"歌德对创造的颠覆性理解源自他对新旧约都认可的"原罪"说的否定。歌德认为人无"原罪"而有"原善"，人自身所带有的能力与获得的财富能够保证他们按照正确的方向前进。人类如果没有"原善"而只有"原罪"，人类就不可能得到

最终的拯救。基于这样的认识，歌德在《伽倪墨得斯》中所描述的人类和上帝几乎有着一样的志向与情怀，抒情主人公和作品中的"我"均个性张扬，诗歌作者虽然一再声称对基督怀有敬畏崇拜之情，但却始终没有消除自身的鲜明个性和极高的存在感，诗歌所表现出的敬畏崇拜，明显缺少起码的虔诚与认真。从这一角度看，《伽倪墨得斯》明显带有《普罗米修斯》的影子。

歌德的宗教崇拜与信仰建立在对大自然的尊敬与承认的基础之上，对生命的信心和对大自然的敬畏让歌德逐渐认识到了信仰的本质。在《伽倪墨得斯》中，歌德所赞颂的基督就是人类对生命意义的信心。生命的意义和力量不存在于生命本身，它仅存在于生命之后的精神之内。歌德在《伽倪墨得斯》中所描写和抒发的所有的宗教情怀皆源自于此。

除了自己对宗教的理解，歌德对基督教也并非持有完全的恶感，而这也正是促成歌德创作《伽倪墨得斯》的另一原因。青年歌德反对死气沉沉的宗教活动，对充满活力和丰富多样的基督教教义宣传却并不排斥。"在这一时期的歌德那里，基督教只是具有一定的地位而已，只是众多生命力量与思维方式的一种而已。且不论始终熟稔的《圣经》，就是许多带有基督教色彩的东西，比如，被钉十字架者的图像，也都能在歌德的心目中占据一定的地位。"（哈纳克语）

歌德在《伽倪墨得斯》中对基督教教义的承认模棱两可。基督宗教作为一个整体对于歌德来说已无多大重要意义。歌德对天主教的蔑视和无视与他在罗马的遭遇有关。罗马天主教对歌德的轻视让骄傲的诗人开始热衷于古代世界史的研究而非神迹研究。歌德从此只对教会的各项运作感兴趣，好人耶稣的故事、整部教会史以及其中的宗教改革和基督新教则都成了歌德厌恶的对象。认识到了这一点，创作于同一年的诗歌《普罗米修斯》和《伽倪墨得斯》所表现出的歌德在信仰上的矛盾与纠结等问题即可迎刃而解。

II. 爱情生活的悲歌

——兼议歌德《玛丽恩巴德悲歌》的思想和艺术价值

《玛丽恩巴德悲歌》包含有两个含义，第一，"悲歌"（Elegie）象征歌德追求乌尔丽克的失败，表达的是一种惆怅和失望之情。第二，作为源自于古希腊的一种诗体，"悲歌"仅是歌德选用的一种写作模式。海量文学史料证明，"悲歌"既可表现哀歌、挽歌的内容，亦可用于其他的题材写作。以歌德之前的创作的《罗马悲歌》为例，诗人在这里表达的内容与哀悼罗马无关，《罗马悲歌》其实是一首记录和表达爱情的诗篇。

《玛丽恩巴德悲歌》在歌德的文学创作活动中占有重要地位。第一，《玛丽恩巴德悲歌》是歌德晚年创作的最重要的爱情诗歌作品，以本诗为界限，歌德此后再无有纯粹的且有影响力的爱情诗问世。第二，歌德本人对《玛丽恩巴德悲歌》十分珍爱，不仅将之当作医治爱情创伤的灵丹妙药，而且从诗歌的创作过程看，歌德不仅为之废寝忘食，而且当作品完成后将之作为圣物细心保存。第三，《玛丽恩巴德悲歌》内容丰富，情感炽热，是歌德一生爱情诗创作的高峰和总结。

《玛丽恩巴德悲歌》问世之后产生的影响力和歌德其他的爱情诗篇相比明显不足，这除了歌德不同意对本诗大肆宣讲外，还和《玛丽恩巴德悲歌》所记录的爱情故事不被众人所理解和接受有关。歌德以自己74岁的高龄向一位19岁的少女求婚，这件事即使是在18世纪的欧洲也不会被多数人看好。歌德的同时代人承认歌德对乌尔丽克动了真感情，但是，他们也同时承认，歌德和乌尔丽克的祖孙恋真的太不合适。何况早在15年前，歌德还是乌尔丽克母亲莱佛佐太太的狂热追求者。

但是，道德层面的缺憾却不应该是《玛丽恩巴德悲歌》产生应有文学价值过程中不可逾越的障碍。随着时间的推移，人们在《玛丽恩巴德悲歌》中更多看到的不是爱情的荒唐，而是诗人炽热情感的表达。至今，《玛丽恩巴德悲歌》和歌德其他的爱情诗篇均已经成为人们研究歌德文学创作活动和心理生理变化规律的重要史料。《玛丽恩巴德悲歌》巨大的文学价值和审美功能，也在这样的研究过程中得到了充分的肯定。

德国作家和诗人斯蒂芬·茨威格创作的《玛丽恩巴德悲歌——从卡尔斯巴德到魏玛途中的歌德》一书是19-20世纪歌德文学研究的重要突破，该书不仅在歌德研究论证形式上大胆创新，而且颠覆了歌德关于人类生命价值和意义的思考。斯蒂芬·茨威格在《玛丽恩巴德悲歌——从卡尔斯巴德到魏玛途中的歌德》中旁征博引，但其所依据的主要材料却只有歌德的爱情诗《玛丽恩巴德悲歌》。

歌德与乌尔丽克的爱情以纯粹的亲情开始。19世纪初期，74岁的歌德在玛丽恩巴德邂逅了19岁的少女乌尔丽克。乌尔丽克视歌德为尊敬的长辈，歌德视乌尔丽克为"忠实而漂亮的女儿"。但是，仅仅过了不长的时间，歌德就开始对乌尔丽克动了男女之情，他开始通过各种方式向乌尔丽克求婚。在遭到委婉的拒绝后，多情的歌德于1823年9月开始创作著名的爱情诗篇《玛丽恩巴德悲歌》。斯蒂芬·茨威格认为，《玛丽恩巴德悲歌》"是歌德一生中的转折点：他从此永远告别了爱的激情带来痛苦的时代，而进入心境平静、勤奋写作的暮年"。

在诗歌的开头，歌德承认他对乌尔丽克的求婚已经无望，为了排遣心中的郁闷，诗人决定向上帝倾诉，希望从天庭得到心灵的慰藉。诗歌开头的两句话为整首诗歌奠定了思想基础和情感格调。《玛丽恩巴德悲歌》即使之后现出欢乐和幸福的元素，却也不能从根本上改变"悲歌"之悲和歌德心中的惆怅、痛苦与失望：

> 如今花儿尚无意绽开，再相逢，又有什么值得期待？
> 你面前是天堂也是地狱，我的心竟这样踌躇反复！

《玛丽恩巴德悲歌》是歌德真实情感的最忠实记录。长期以来，世人虽然对《玛丽恩巴德悲歌》所记录的爱情故事持有不同的意见和看法，但在鉴定《玛丽恩巴德悲歌》所反映的诗人的真实情感上却结论一致。在与友人的谈话中，歌德承认本诗是自己"内心状态的日记"，是他"激情达到最高峰的产物"。斯蒂芬·茨威格认为，《玛丽恩巴德悲歌》"是一份用悲怆的发问和哀诉记录了他最内在情感的文献……（歌德）少年时代的那些宣泄自己情感的抒情诗都没有如此直接地发端于某一具体事件和机缘，（《玛丽恩巴德悲歌》）是一首'献给我们的奇妙的歌'，是这位七十四岁的老人晚年最深沉、最成熟的诗作，恰似西下的夕阳散射出绚丽的光辉"。

《玛丽恩巴德悲歌》表现的情感炽热而有节制，这与歌德认识到他与乌尔丽克的感情已然走到尽头有关。诗歌虽然表达的是"天堂"和"地狱"之情，但在歌德的心中实际上天堂之光早已散尽，眼前剩下的尽是地狱的呼唤。从一定意义上说，《玛丽恩巴德悲歌》的文学价值恰在于它表达的是诗人欲罢无能的矛盾与纠结。炽热的情感与高尚的自我克制结合在一起，构成了《玛丽恩巴德悲歌》最有审美价值与意义的文学张力与功能。向上帝而非世人的倾诉使得《玛丽恩巴德悲歌》成功地把爱情和婚姻遭拒的问题与痛苦都变成了诗歌。心灵的呼唤被不加掩饰地注入本诗之后，歌德个人的痛苦随即被赋予了普遍的人性特征。紊乱的思绪开始变得有条不紊，诗人也得以将自己的目光投向远方，试图在大自然的怀抱中找寻心灵的宁静：

　　　世界是否尚在？黝黑的峭壁是否仍在晨光中挺立？
　　　庄稼是否成熟？碧绿的原野是否仍有河畔的丛林和牧场？
　　　无涯天穹是否笼罩大地，一切是否变幻无穷，如过眼云烟？

对神的倾诉让歌德获得了暂时的平静，忘掉乌尔丽克之后，歌德发现不仅世界依然存在，就连那悬崖峭壁、庄稼、丛林、牧场也都没有失去原来的模样。但是，鲜活的大自然并没有让歌德获得完全的拯救，透过"笼罩大地的无涯天穹"，诗人认为眼前的一切都是"过眼云烟"，充满着不可琢磨的"无穷变幻"。

歌德对眼前实景的怀疑和否定是为实现对远方虚幻爱情的赞美与颂扬，此时此刻，歌德心目中的理想爱情构成了诗人一生向往和追求的纯粹精神，具有超越人类的永恒意义与价值。歌德在诗歌中描述的自然景观作为纯粹精神世界的陪衬黯然失色，仅能唤起诗人无限的惆怅与失望。歌德在此处对自然的理解与歌德一贯持有的自然观无关，作为一首记录和表达爱情的诗歌，自然在这里成了庸俗的代称。令歌德产生如此低落情绪的原因有很多，最根本的当是乌尔丽克对诗人情感表白的拒绝。此时此刻，伤心的诗人虽然不愿提起，乌尔丽克曼妙的身姿还是浮现在了歌德的脑海。

爱情在歌德的一生占有十分重要的地位。长期以来，人们虽然承认爱情对歌德艺术创造力的巨大影响，但却出于道德的原因而心生忌讳，寻找各种各样的理由为歌德的爱情崇拜开脱。歌德在《玛丽恩巴德悲歌》中勇敢打破了这一禁忌，他不仅公开承认自己的艺术灵感来自美妙的爱情，就连他深奥的哲学思想的产生与形成也与此有关。需要指出的是，歌德在这里谈论的爱情并非仅是精神审美层面的概念与内容，根据诗人的情感表达和诗歌语言，歌德在这里谈论的爱情包含有明显的性爱元素与符号。

与诗歌的上个段落一样，歌德在这里再次谈到了本质与现象的关系。所不同的是，歌德在这里不仅把物质世界和客观景致当成了暂时的存在，在遭受了爱情打击的歌德这里，就连甜蜜的爱情也让诗人感觉到了虚伪与不真实。乌尔丽克不再是一个真实的存在，在歌德的笔下，她已经变成了一个"代替真人的幻影"，她在歌德的心中已不是什么永恒，而仅仅是一个"短暂的瞬间"。

乌尔丽克的拒绝并没有让诗人失去对美好爱情的向往，歌德在诗歌中的全部惆怅和失落仅是针对尘世爱情而言。作为歌德人生信念的主要支撑，纯粹的爱情幻化成了诗人艺术创作的原始动力。从这一角度看，歌德可谓是较早注意和研究艺术来源的作家之一。根据歌德同时代人的回忆，结识乌尔丽克之前，歌德的身体已经到了相当糟糕的境地。乌尔丽克的出现先是治愈了歌德的疾病，后又唤起了歌德巨大的艺术创作的灵感和动力。歌德在诗歌中承认与乌尔丽克分手后他才将注意力转移到了文学创作上来并取得了不俗的成就，实际上，多情的诗人在与乌尔丽克分手之前就已经制订了宏伟的创作计划并开始实施。由此可见，乌尔丽克的爱情虽然给歌德造成了极大的伤害，但其在艺术创作领域带给歌德的巨大推动力却是一个不争的事实。很难相像，歌德的生活中如果缺少了乌尔丽克的爱情，多情的诗人最终还能否完成《浮士德》第二部的创作任务。歌德本人清楚地意识到了乌尔丽克对于自己生命和文学创作活动的意义与价值，为此，他在诗歌中尽情讴歌爱情的美好，不仅赋予了乌尔丽克神性的容貌与品质，而且断言她就是自己心目中美好情感与思想的基础与源泉：

> 苗条之身在碧空的薄雾里飘荡，优美轻盈，温柔明净，
> 　仿佛撒拉弗天使拨开浓云，露出她的仙姿；
> 你看她——这丽人中的佼佼者＼婆娑漫舞，多么欢快。
> 可是你感觉到这代替真人的幻影＼仅仅是短暂的瞬间；
> 回到内心深处去吧！你会有更多发现，她幻化为无穷姿影；
> 　一个身体会变成许多形象，千姿百态，益发可爱。

反复出现的乌尔丽克的身影反映出歌德对美好爱情的执着与狂热。但是，歌德在诗歌中并没有放任爱情肆意生长。歌德时时提醒自己，"这丽人中的佼佼者"虽然"婆娑漫舞"，但实际上却是短暂的"代替真人的幻影"。歌德告诫自己，此时此刻他应该做到和能够做到的只有是尽快"回到内心深处"，去寻找到属于自己的平静。只有在属于自己的内心平静中，歌德才能化解掉爱情的创伤，以一种激情的艺术创造力代替他对爱情的渴望。

歌德在诗歌中描述的爱情张弛有度，虽然不乏炽热的情感，却也富含理性的思考。与之前歌德所写的爱情诗不同，《玛丽恩巴德悲歌》并没有被一种情绪和情感控制。正如斯蒂芬·茨威格在《玛丽恩巴德悲歌——从卡尔斯巴德到魏玛途中的歌德》中所评述的那样，《玛丽恩巴德悲歌》的创新主要表现在"这位年迈的诗圣一边陶醉于极乐的回忆，一边却用最高尚的形式写出了一篇最纯洁的诗篇"。

"极乐的回忆"指人类的欲念，"最高尚的形式"指人类的理性。在接下来的诗行中，歌德对之进行了更加详细的描述与勾勒。令人感到惊奇的是，人

类的欲念在歌德的笔下却并没有现出丑陋的特质，在崇高道德观念的约束下，人类的欲念上升为人类的爱情。人类的理性在歌德的笔下走出了枯燥观念的束缚，开始以一种极度自由的姿态出现在众人面前。不论是人类的欲念还是人类的理性，在《玛丽恩巴德悲歌》中都始终与"虔诚"相伴。上帝的出现既是对诗歌第一段落的呼应，也是诗歌情感描写所需。歌德想以此证明，他对乌尔丽克怀有的爱情虔诚而圣洁，里面不包含任何的私欲。歌德的表白应该是发自内心，在遭到委婉的拒绝之后，修养极高的诗人以这样的语言表明自己的态度当属正常。但是，《玛丽恩巴德悲歌》如果仅仅是描述和记录了歌德所谓高尚的灵魂的话，势必不能产生如此强大的艺术感染力。作为一首赞美和颂扬爱情的诗歌，欲念描写不应受到完全的排斥。《玛丽恩巴德悲歌》将私人的欲念称为"自己的秘密"，由于婚姻关系的无法实现，这个秘密将永远无法对那个"难以称呼的人"谈起。

歌德的求婚虽然遭到了拒绝，但他却并未心生嫉恨，将美丽的祝福变成恶毒的诅咒。出于对乌尔丽克的感激，歌德表示他愿意牺牲爱情，"把自己献给一个更高贵、更纯洁、不熟悉的人"。《玛丽恩巴德悲歌》创作于歌德从玛丽恩巴德返回家中的路上，仅仅是在出发之前，歌德才确信自己的求婚遭到了委婉的拒绝。由此可以得出这样的结论，歌德的表白并非仅是针对自己的内心，对乌尔丽克及其家人表明态度并送上祝福，也是诗人创作本诗的动机之一。对于自己做出的牺牲，歌德并不奢望有任何形式的回报。为了避免对方心生愧疚与歉意，歌德表示他已经借着自己的虔诚而享受到了"极乐的顶点"。"热情的冲动""自己的秘密""极乐的顶点"象征俗世情感，"纯洁""感激""献给""虔诚"象征精神理性。整首诗歌就是在这样一种思想与情感的缠绕纠结中完成了对抒情主人公的救赎，人类的丰富情感和奉献精神亦得到张扬。歌德所描述的思想与情感的矛盾与纠结是形成《玛丽恩巴德悲歌》巨大思想震撼力和艺术魅力的关键。歌德的牺牲与奉献并非仅是歌德的个人行为，它们已然存在于人类既往的具体行为和社会实践之中。对于心存善良与美好的人类而言，歌德理应成为他们效仿的楷模。正是凭借着这样的理由，《玛丽恩巴德悲歌》才获得了阅读和欣赏层面的心灵共鸣。从这一角度看，《玛丽恩巴德悲歌》不仅仅是记录了歌德个人的美德，《玛丽恩巴德悲歌》更应该被称为一首记录和赞美人类美好思想与行为的诗篇：

> 纯洁之心有热情冲动，出于感激，我们甘愿把自己献给
> 更高贵纯洁的人，向那陌生之人揭开自己的秘密；
> 那是虔诚！——我只要站在她面前＼我就达到了极乐的顶点。

《玛丽恩巴德悲歌》中的"悲歌"二字虽然主要表现的是诗歌的体裁形式，但却也与歌德求婚失败的悲观情绪有关。诗人在接下来的段落中将高尚情操的表白逐渐转化为个人情绪失落与失意倾诉，惆怅甚至是绝望的思想与情感清晰可见。歌德的私欲和低落情绪并没有破坏掉诗歌之前表现出的崇高人类情感，相反，在人类私欲和低落情绪的衬托下，崇高的人类情感在本诗显得更加真实可信。"悲歌"之悲，由此得到了完整的体现。

> 如今我已经远离！眼前的时刻＼我不知道该如何安排？
> 那些曾经的美的财产＼现在却是我的负担，我必须将之抛开。
> 热情无法克制，让我坐立不安，除了一直流泪，再无别的办法。
> 忠实的旅伴，让我留在这里，让我留在岩石边、沼泽里、青苔上！
> 你们去吧！世界已为你们开放，大地辽阔；天空恢然而又崇高，
> 去观察、去研究、去归纳，自然的秘密就会步步揭开。

> 我已经失去一切，也失去了我自己，不久前我还是众神的宠儿；
> 他们考验我，赐予我潘多拉，她身上有无数珍宝，但也有更多危险；
> 他们逼我去吻她的令人美慕的嘴唇，然后又将我拉开，把我抛进深渊。

一向为理性所控制的歌德较少创作如《玛丽恩巴德悲歌》一样的诗篇。歌德以往的创作虽然也多有表现炽热情感的爱情诗，但与《玛丽恩巴德悲歌》相比却都只能是"自叹弗如"。受欧洲思想启蒙运动的影响，歌德的爱情诗虽然

不拒绝赞美爱情，但却都被作者控制在理性的范围内。像《玛丽恩巴德悲歌》这样毫不掩饰自己内心的情感，将自己的灵魂和盘托出，这对温文尔雅的诗人歌德来说实属不易。歌德以前的爱情诗习惯描述的是诗人的骄傲，被拒绝的多是抒情主人公爱慕的对象，在爱情和婚姻面前选择回避和逃跑的多是带有浓郁个人色彩的抒情主人公。在歌德的爱情词典里，诗人的痛苦虽然常在，但却深藏在其他人物的背后。无论是显性的还是隐性的，在歌德的爱情诗歌中最不缺少的元素就是骄傲。《玛丽恩巴德悲歌》将诗歌作者的骄傲一笔带过，把大量的诗行用在了表现诗人的无奈与痛苦上。"我已经失去了一切"，这句话既是歌德对失去乌尔丽克爱情和婚姻的承认，也是对自己步入暮年的哀叹。骄傲的诗人不愿看到的结果已经发生，虽然在不久以前，他还是女人倾慕的对象和"众神的宠儿"。

《玛丽恩巴德悲歌》虽然包含有明显的抱怨，但这抱怨却并非针对乌尔丽克。歌德在诗歌中说明，当初是有人怂恿乌尔丽克与他亲近甚至接吻，但是，就在诗人坠入情网之后，那些始作俑者却开始对他口诛笔伐，大泼脏水。歌德同时代人的回忆和近年歌德问题研究成果表明，歌德的抱怨对象主要是乌尔丽克的母亲、魏玛公国的国君和歌德的家人及亲朋好友。乌尔丽克的母亲介绍自己的女儿与歌德相识相亲，最后却以各种理由婉拒了歌德的求婚。魏玛公国的国君虽然表面赞同歌德的爱情和婚姻选择，甚至还亲自去向乌尔丽克的母亲求婚，但实际上，这位歌德仕途上的伯乐却一直在暗地嘲笑歌德的荒唐，丝毫没有看好一位耄耋老人和一位青春少女的爷孙之恋。歌德的朋友和家人出于各种理由对歌德最初的求爱并未放在心上，直至发现歌德对乌尔丽克已经难舍难分，他们才出面予以正面的劝阻。《玛丽恩巴德悲歌》的抱怨在歌德的另一首与乌尔丽克有关的诗歌《人们责备我们相爱》中甚至演变成了一种隐隐的仇恨。在这里，歌德描述和抗拒着众人的责难，试图为一位老人坠入少女的情网寻找到充足的爱情支持：

> 人们责备我们相爱，我们不应感到悲伤：
> 责备能起什么作用。对别的事也许顶用；

任何反对和斥责都不会＼使爱情变得该受责备。

歌德传记资料表明，歌德从小就懂得隐藏自己的感情，青年时代更是将节制当作为人处世的座右铭，中年时期的歌德在魏玛公国位高权重，更是以一个翩翩君子自居。与歌德的内敛性格相关，歌德的抒情诗所表现的私人情感常带有"虚伪"的面纱。乌尔丽克的拒绝第一次让理性的歌德失态，在《玛丽恩巴德悲歌》中毫不顾及自己作为公国重臣和著名诗人的名分，将深藏于心的秘密公开示人。也许是意识到了自己行为的不得体，《玛丽恩巴德悲歌》完成后，歌德并没有拿去公开发表，他在魏玛的家中认真誊写完诗稿，然后将之装订成册，再配以珍贵的羊皮封面。歌德第一次将《玛丽恩巴德悲歌》公开示人是在作品完成几个月之后，当时，他将自己的秘书艾克曼叫到身边，用一种几乎是虔诚的仪式和语调朗读了这首诗歌。对于歌德来说，直到此时，他才真正走出了失恋带给他的痛苦，开始以一种较为正常的方式进入生活和写作模式。

歌德在《玛丽恩巴德悲歌》中的心迹描述与赤裸表白出于一种下意识状态。若非如此，高贵的诗人不会如此失态，不仅使自己颜面尽失，而且让他的家人在众人面前也难以抬头。歌德的下意识状态主要由乌尔丽克的拒绝造成，在得知自己的求婚绝无希望后，歌德甚至感觉自己的生命走到了尽头。无助的歌德只能向上帝求助，希望他能将自己从苦海救出。从这一意义上说，歌德的《玛丽恩巴德悲歌》是一首完全意义上的"祈祷诗"，这种全新的诗歌体裁在19世纪末期被俄罗斯现代派诗人加以改造和利用，成了俄国老一辈象征主义诗人所青睐的写作形式。

歌德的失态让《玛丽恩巴德悲歌》的情感和思想变得神秘甚至不可琢磨。在歌德的笔下，理性和感性的描述与感叹交替出现，绝望和希望相伴而生。正如诗人在诗歌中所说，一忽儿诗人触摸到的是乌尔丽克的香唇，一忽儿诗人却又被抛下深渊。歌德本人惊诧于《玛丽恩巴德悲歌》产生的神秘，认为这首诗就是来自上苍的恩赐。基于这样的认识，歌德在诗歌的开头直接呼唤上帝，而在诗歌的末尾，无助的歌德再次提到了对他眷顾了一生的众神。在尘世遭受到沉重的打击后，歌德最终在他所向往和追求的精神世界中找到了慰藉。

　　《玛丽恩巴德悲歌》之所以成为歌德眼中的珍宝，除了诗歌中隐含有上帝的安慰，乌尔丽克的身影的清晰存在也是重要原因。上帝和乌尔丽克给绝望的歌德带来了新生的希望，让他重新感受到了无欲无望的美好。正因如此，在诗歌的最后，诗人的情绪逐渐归于平静，就连对把自己抛下深渊的敌对势力，诗人也似乎没有了切齿的仇恨。通过诗歌《玛丽恩巴德悲歌》，歌德将自己从失恋的绝望中拯救而出。歌德明白，从此以后，他再也不会去玛丽恩巴德寻找乌尔丽克的芳踪，他和心爱的"小女儿"过夫妻生活的梦想就此结束。找回心灵宁静的歌德认真回顾自己一生的文学创作，将几乎所有的作品整理成"全集"出版。不仅如此，歌德继续创作《成廉·迈斯特的漫游年代》和《浮士德》，终于在生命结束前夕将之完成。

12. 歌德抒情诗《新的爱，新的生活》中的俗世情感与精神之恋

1775 年，歌德结束了与弗里德莉克·布里翁保持了 4 年之久和与夏洛特保持了 1 年左右的恋人关系，开始与富家小姐伊丽莎白·薛涅曼相识相恋。《新的爱，新的生活》是歌德的爱情宣言，既指与弗里德莉克·布里翁和夏洛特关系的终结，也指他与伊丽莎白·薛涅曼关系的开始。

在歌德所有的爱情诗歌中，俗世情感与精神之恋的矛盾与纠结是一个永恒的话题。一般来说，学界更愿意讨论和研究的话题多与歌德的精神之恋有关，俗世情感作为诗人生活中一个饱受争议的话题，学界认为与作者的艺术创作活动并无多大的关联。这样的观点在 19 世纪甚至 20 世纪的歌德文学研究中虽然占据主导地位，但在进入 21 世纪的今天，它却受到了空前的挑战。人们越来越在这样的问题上达成共识：作者的日常行为和思想觉悟对艺术作品的产生有着直接的影响，在很多时候，它们甚至是引导人们走出文学迷宫的唯一遁道。为这一结论提供的直接证据是近年来人们开始更多地讨论歌德的人品与文学创作之间的关系问题，而在这样的讨论中，歌德在爱情与婚姻关系上的浪漫历史经常成为众人攻击的目标。我们认为，仅仅注意歌德精神之恋中所蕴含的高尚情操固然片面，但是，将主要的精力放在对歌德俗世情感中欲念的批判上也未必合理。俗世情感与精神之恋都是影响歌德艺术创作活动的关键元素，忽视或过分重视其中的任何一个，都会导致歌德文学研究偏离正确航道。诗歌《新的爱，新的生活》是歌德重要的文学作品，它不仅是歌德个人真实生活和心境的真实记录，而且在表现俗世情感与精神之恋上首次向俗世情感偏移。种种迹象表明，在结束了与弗里德莉克·布里翁和夏洛特的爱情后，与伊丽莎白·薛涅

曼的爱情以其奢靡的物质生活强烈吸引了歌德的注意。诗人陶醉于这种异样的感受，对俗世情感表现出了前所未有的兴趣，《新的爱、新的生活》也因此记录下了歌德的"欲念"。

歌德在本诗表露的心迹虽然令人觉得稍显突兀，但实际上，与伊丽莎白·薛涅曼的爱情确实唤起了诗人心底的爱情情感。生平第一次，歌德不仅写出了令人感动的爱情诗篇，而且还与伊丽莎白·薛涅曼签订了婚约。根据当时大多数欧洲国家的法律规定和宗教信仰，伊丽莎白·薛涅曼是歌德唯一的具有宗教承认和国家认可的妻子。

抛开复杂的饱受争议的创作背景，单就诗歌的文学价值和审美趣味来论，《新的爱，新的生活》堪称歌德抒情诗中的精品。与之前歌德创作的爱情诗相比，《新的爱，新的生活》以情感炽热著称。在诗歌的开头，歌德抛开以往所看重的理性元素，直接将描写的笔触伸向了人的欲念。"不得安宁"的"我的心"犹如脱缰的野马，"奇异的新的生活"令诗人激动不已：

> 心，我的心，这却是为何？什么事使你不得安宁？
> 多么奇异的新的生活！我再也不能将你认清。

"奇异的新的生活"既指歌德与伊丽莎白·薛涅曼的崭新的爱情，也指对于歌德来说相当陌生的有钱人的娱乐生活观念与方式。伊丽莎白·薛涅曼是一位已故银行家的女儿，花天酒地的生活让出身于工匠家庭的歌德大开眼界，与伊丽莎白·薛涅曼相识之初，歌德的心灵受到了极大的震撼。但是，随着时间的推移，歌德逐渐厌倦了这种晨昏颠倒的生活方式，所谓的"新的爱，新的生活"也最终成了埋葬两人爱情的坟墓。

作为诗人，歌德不可能长期痴迷于尘世生活的肤浅和无趣，纯粹的精神追求和艺术创作才是歌德为自己树立的人生终极目标。但是，作为一个普通人，歌德在面对物质生活的巨大诱惑时却也未必能够完全免俗，将伊丽莎白·薛涅曼视为新生活和新爱情的开始，决意与之前所谓的旧生活一刀两断，这实际就是歌德俗世心态的具体表现。对于自己在物质生活上的迷失，歌德也并非没有觉察。"我再也不能将你认清"虽然并未包含歌德对新爱情和新生活的完全否定，但是，在逐渐失去了最初的好奇心之后，"不能将你认清"终究还是表达出了诗人在这方面的忧虑与担心。

《新的爱，新的生活》并非一首否定俗世情感的宣言，诗歌的主题乃是赞美新的爱和新的生活。新的爱和新的生活的核心是伊丽莎白·薛涅曼，为此，歌德自然将颂扬的笔触伸向了这位姑娘。与以往的爱情诗不同，歌德在《新的爱，新的生活》中对伊丽莎白·薛涅曼的赞美以俗世情感为基础，并未特别突出他们之间爱情的精神之美。

承接上个段落的描述，歌德接下来用四个排比句详细阐释了内心失去平静的自己的模样。面对伊丽莎白·薛涅曼带给自己的新式生活和爱情，歌德不知爱为何物，不知悲为何感，不知勤奋的价值，不知安静的意义。对于自己的失态，歌德本人也不知为何和如何应对，一句"怎会弄到这种地步"既是歌德对新生活和新爱情的投降，也是一种爱的表白。歌德在这里表达的思想情感毫无抱怨成分，表现幸福和甜蜜的爱情是诗人发问的初衷。

歌德对伊丽莎白·薛涅曼的爱情表白毫无矫揉造作之嫌，理性的诗人起初试图以委婉的情感和象征的手法表现自己的思想与灵魂，但在最后，诗人却并没有做这样的坚持。面对"青春的花朵""可爱的清姿"以及"至诚至善的眼波"，多情的诗人已经完全坠入情网，根本无法从中逃脱。需要指出的是，诗歌所描写的歌德的倾轧与挣扎并非出于完全的虚构，即使是在与伊丽莎白·薛涅曼认识之初，歌德也应该能够感觉到二人在思想和审美上的巨大差别。出于对二人精神与气质迥异的担心，歌德试图以他所熟悉和擅长的逃跑的方式躲避和拒绝伊丽莎白·薛涅曼的爱情的概率极大。歌德最终没能从伊丽莎白·薛涅曼身边逃脱，主要的原因就是诗人在面对伊丽莎白·薛涅曼的爱情时身不由己，根本无法控制自己的思维和行动。歌德越是想逃离伊丽莎白·薛涅曼的爱情，就越是对这位全新的恋人难舍难弃。伊丽莎白·薛涅曼对歌德的吸引与精神和精神追求无关，歌德受惑于伊丽莎白·薛涅曼的美丽，完全是被她异性的美丽征服：

是不是青春的花朵，这可爱的清姿，

这至诚至善的眼波，以无穷魅力勾住了你？

我想赶快离开她，鼓起勇气躲避她，

我的道路，唉，刹那间，又把我引到她的身边。

　　爱情的基础中到底包含着怎样的俗世情感和精神之恋，它们在其中占有着怎样的份额，这样的问题对于歌德以及歌德的爱情诗来说也是一个难解之谜。遇见伊丽莎白·薛涅曼之前，歌德曾经有过不短的恋爱经历。但是，以往看重精神价值与质量的恋爱似乎并没有让诗人歌德如醉如痴，如今，倒是看重物质生活价值与质量的伊丽莎白·薛涅曼的爱情让诗人歌德难以自拔。昨天，弗里德莉克·布里翁的痴情和夏洛特的矜持没有征服心高气傲的歌德，今日，伊丽莎白·薛涅曼的"轻佻"却完全让德意志历史上最伟大的诗人开始"按照她的方式，在她的魔术圈中度日"。

　　爱情与艺术创作之间的关系极为复杂，在很多时候，爱情甚至是一切艺术创作的源泉。艺术家的灵感和思想，无不与永恒的爱情有关。但是，爱情与艺术创作之间却绝非是一种机械的对应关系。爱情在艺术家的创作活动中通过感觉而发挥作用，没有幻化的简单移植难以催生出伟大的艺术作品。歌德对爱情的追求首先当以满足感官的审美为前提，离开了感官的愉悦，谈不上有精神的升华和艺术的创造。伊丽莎白·薛涅曼也许不是歌德精神世界的知音，但这却无法妨碍歌德幸福爱情的产生，恋爱之初，物质的含有私欲的俗世情感甚至高过精神的未有私欲的精神之恋。《新的爱，新的生活》中所描述的歌德与伊丽莎白·薛涅曼之间的情感以诗人的感觉为基础，阐释的是一种说不清道不明的真正的男女之恋。关于感觉在恋爱中的重要作用，歌德曾经跟自己的秘书艾克曼有过推心置腹的交流。歌德大胆承认，女方的智慧对爱情构不成至关重要的影响，男人对女人精神世界的看重大多发生在相爱之后而不是相爱之初。歌德的这段对话对于人们理解歌德在《新的爱，新的生活》中的爱情表白具有巨大的启发作用："爱不爱未必跟智慧还有什么关系！我们爱一个年轻女子的完全是另外一些品格，而不是她的智慧。我们爱她的美貌，她的年青，她的调皮，她的温柔，她的个性，她的缺点，她的怪僻，上帝知道还有种种别的无法言说的什么东西；可是，我们不爱她的智慧……一个姑娘在我们眼里会平添无限的价值，倘使我们已经爱上了她，她的智慧也可能吸引我们。然而仅仅智慧点不燃我们的爱火，激发不起我们的热情。"

> 这充满魔力的情网，谁也不能够将它割破，
> 这轻佻可爱的姑娘，硬用它罩住了我：
> 我只得按照她的方式，在她的魔术圈中度日。
> 这种变化，啊，变得多大！爱啊！爱啊！你放了我吧！

歌德的爱情诗多含有物质和精神两个层面的内容。物质层面的内容用于描述人的俗世情感，精神层面的内容用于描述神的启示和纯粹艺术。通过描述两个层面内容的纠结与矛盾，歌德能够活灵活现阐释抽象的观念与思想。《新的爱，新的生活》在描述物质层面的内容时将笔触伸向了神的对立面——魔鬼。这样的描写不仅突破了歌德爱情诗的一般限制，而且整体拉低了歌德爱情诗关于爱情内容与本质的定位。人们开始明白，在纯粹的艺术与精神的对面不仅有俗世概念与审美的对立，而且还有更为危险的恶魔的对立。需要强调的是，歌德在这里提到的恶魔仅为"充满魔力的情网"，并非完全意义上的恶魔。恶魔的概念更多应是歌德的一种下意识反映。在歌德的笔下，恶魔的危险尚未表现为与众神的直接对抗，恶魔的危险主要是人类无力将恶魔编织的情网割破。歌德描述恶魔的本意是为称颂伊丽莎白·薛涅曼的美丽与魅力，但实际上，在歌德的下意识感觉中，诗人已然看到了另外一种意义上的东西存在。循着自己的下意识感觉往下走，歌德写出了智者见智仁者见仁的诗句："这种变化，啊，变得多大！爱啊！爱啊！你放了我吧！"至此，人们在歌德的《新的爱，新的生活》中清晰看到了超出爱情诗格局与主题的内容。这样的内容对于歌德来说也极为陌生，也许它根本就没存在于歌德创作本诗的计划之内。夸张的也许是下意识的呼救和讨饶触及到了美好爱情的反向内容，正是凭借着这一线索，学界有人将《新的爱，新的生活》与后来歌德写给伊丽莎白·薛涅曼的绝交信《给

白琳德》相提并论，认为早在歌德与伊丽莎白·薛涅曼相识之初，他就已经看到了二人的不和与矛盾，为此才写下了《新的爱，新的生活》以发出预先的警告。这样的结论貌似合情合理，实际却根本经不起推敲。《新的爱，新的生活》作为一首献给自己心上人的爱情诗，无论诗人在其中提及多少与神圣感情与纯粹精神相对立的内容，都与诗人后来与伊丽莎白·薛涅曼的分手无关。《新的爱，新的生活》是一首纯粹的爱情诗，它以歌德对伊丽莎白·薛涅曼的痴迷和对爱情美好的向往而闻名，以炽热情感的表达和少有遮拦的内心独白而受到世人普遍的欢迎。诗歌的忧患意识主要由歌德对爱情的狂热崇拜所致，依稀可见的理性思考在其中并未扮演重要角色。在俗世情感与精神之恋的对抗中，俗世情感取得了完胜。

诗歌表现出的诗人的无奈让人颇费思量。根据整首诗歌的中心思想和结构布局，歌德在这里显然不是为要表现自己对未来的担忧。上文已经提到，新的生活和新的爱情带给歌德的喜悦才是本诗描写的重点，伊丽莎白·薛涅曼的缺点绝不会成为歌德这首爱情诗触及的内容。歌德的无奈是歌德面对伊丽莎白·薛涅曼爱情时的无奈，是一种别样的幸福与享受。仅将歌德的无奈理解为纯粹的烦恼未免显得过于庸俗和低级。机械的死板的结论不能阐释《新的爱，新的生活》的奥秘，只有结合歌德与伊丽莎白·薛涅曼整个爱情的过程与结果，才能触摸到歌德创作本诗的本意与初心。

歌德之前的抒情诗惯于表现男女双方平等的爱情，只在《新的爱，新的生活》中，骄傲的抒情主人公不见了，取而代之的是一个貌似猥琐和卑微的人物。面对骄傲的女神，抒情主人公完全失去了自我，甚至连逃跑的勇气和办法都不能获得。众所周知，逃跑是歌德为躲避爱情和婚姻纠缠而惯用的方法，歌德表示他已无力从伊丽莎白·薛涅曼身旁逃离，这对于伊丽莎白·薛涅曼来说无疑就是最大的褒奖。

为得到新的爱和新的生活，抒情主人公对女神的表白谨慎而小心。仅仅是在这一瞬间，《新的爱，新的生活》中圣神的崇拜代替了世俗的爱情，谄媚的讨好代替了直白的求爱。为了挽回丢失的颜面，歌德借抒情主人公之口喊出："我想赶快离开她"，"鼓起勇气躲避她"。但这一切都只是歌德的一厢情愿。

在歌德的爱情词典中，理性和情感之间的争斗虽然向来胜负难分，但在这次，理性却是打了一个完全的败仗。面对伊丽莎白·薛涅曼的爱情，抒情主人公的抵挡显得幼稚而可笑。

躲避是抒情主人公向女神的表白，是爱的一方向爱的另一方的投降。研究资料表明,伊丽莎白·薛涅曼并非歌德的追求者,诗人的诗歌虽然令伊丽莎白·薛涅曼感到好奇,但却不足以让她产生无法抗拒的爱情。倒是歌德，这位刚刚失去了弗里德莉克·布里翁爱情的浪漫诗人，在遇到伊丽莎白·薛涅曼和她带给自己的新生活时走火入魔，即刻陷入了爱河而难以自拔。歌德后来之所以与伊丽莎白·薛涅曼解除婚约，主要的原因并非仅是生活观念与目标的不同。后世的研究者出于对歌德的偏爱，有意无意总将过错归在伊丽莎白·薛涅曼的身上。这样的结论有违情理，漏洞百出，根本无法自圆其说。歌德与伊丽莎白·薛涅曼既有性格上的矛盾，也有生活习惯上的冲突。除此之外，歌德对爱情和婚姻一贯怀有的恐惧心理也是导致二人分手的重要原因。歌德在《新的爱，新的生活》中数次提到的分离和逃跑，充其量仅是歌德的矫情，与歌德想要在本诗表达的真实情感无关。

12. 歌德抒情诗《新的爱，新的生活》中的俗世情感与精神之恋

13. 歌德抒情诗《湖上》的自然景观与主观情感

　　《湖上》创作于 1775 年，是歌德抒情诗中的重要作品。长期以来，《湖上》一直被视为歌德想要逃离伊丽莎白·薛涅曼情感羁绊的证据。实际上，这样的结论却经不起推敲。《湖上》虽是为伊丽莎白·薛涅曼而作，但却与二人日后发生的感情分裂没有直接的关联。1775 年，歌德与伊丽莎白·薛涅曼的爱情之旅刚刚开始，诗人正沉浸在"新的爱，新的生活"所带来的美妙享受中，不可能写出有碍两人关系的作品。歌德在《湖上》虽然对大自然倾注了巨大热情，但这热情却并非冷冰冰的存在，它蕴含着歌德对自己心上人的甜蜜回忆与思念。我们认为，《湖上》不仅没有歌德的不满，而且富含歌德的赞美与颂扬，作为一首爱情诗，《湖上》在这里记录和描述的主要是歌德对伊丽莎白·薛涅曼怀有的丰富感情。

　　歌德自己多次表示，他创作的描写自然的诗歌总是与人的主观感受密切相关。《湖上》以苏黎世湖的风景为描写对象，实际抒发的是歌德美好的心情。"我写诗向来不弄虚作假，凡是我没有经历过的东西，没有迫使非写诗不可的东西，我从来就不用写诗来表达它，我也只在恋爱中才写情诗。"歌德的这段话既可视为歌德抒情诗的一般总结，也可视为专为《湖上》而言。诗人在这里所说的"写诗"就是描写自然，那些"迫使非写诗不可的东西"就是诗人的主观感受。具体到《湖上》这首诗歌，"写诗"和描写自然指苏黎世湖的美景，诗人的主观感受则是歌德怀有的对伊丽莎白·薛涅曼的爱。

　　《湖上》发表后受到了人们的普遍欢迎，作曲家舒伯特和门德尔松皆专门为《湖上》谱曲。两位音乐家没有受文学界对《湖上》错误评判的影响，将本诗视为"自然与情感的微妙相融"。 舒伯特和门德尔松音乐作品中的自然当指苏黎世湖的风景，情感则毫无争议地指歌德与伊丽莎白·薛涅曼的爱情。仅仅是依仗着音乐作品的独特优势，舒伯特和门德尔松的《湖上》后来被逐渐赋予了越来越多的抽象概念与内容。歌德对伊丽莎白·薛涅曼怀有的情感是《湖上》这首诗歌作品的灵魂，苏黎世湖的美景让朦胧的灵魂有了依附。惟有以这样的角度和眼光阅读《湖上》，才能读懂其深刻的内涵和形式之美。否则，旖旎的湖上风光将黯然失色，整首诗歌也会因之失去灵动之美：

> 鲜的营养新的血，自由的天地之间我吮吸；
> 自然是何等闪亮和亲切，把我在怀中拥抱着！
> 微波荡着我们的小舟和着橹声的节奏，
> 群山高入云层，迎着我们的航程。

歌德惯以在诗歌中描写情感与自然。在歌德的爱情诗中，失恋的抒情主人公遭遇的自然经常布满未可知的凶险，热恋的抒情主人公遭遇的自然则经常布满安全的静谧的安全。《湖上》在开头段落将抒情主人公比喻成吮吸乳汁的婴儿，说他在自然的怀抱中享受着母亲的呵护与拥抱。这样的描写生动记录了歌德与伊丽莎白·薛涅曼的初恋，据此人们不难得知，在被之前的恋人夏洛特"抛弃"之后，歌德是在伊丽莎白·薛涅曼这里得到了母亲般的抚爱与关心。"鲜的营养新的血"指伊丽莎白·薛涅曼的爱情，离开了伊丽莎白·薛涅曼的爱情，"自由的天地"和闪亮而亲切的自然都将变得毫无价值。接下来的四个诗行虽然描写的是纯粹的自然风光，但却承载着诗人丰富的思想感情。透过客观叙述的表面，人们能够感受到诗人美好的心境。小舟下面的荡漾微波之所以和摇橹的声音节奏吻合，高入云层的群山之所以把我们迎接，都是因为诗人的美好心境所致。

> 眼呀我的眼，你为何垂瞑？
> 金黄色的梦，你又来相寻？
> 去吧，梦呀！任你如黄金；
> 这里依然有，恋爱和生命。

歌德抒情诗中的自然景观皆因主观抒情而存在。在诗歌的这个段落，垂暝的眼睛和又来相寻的金黄色的梦，都是歌德对往昔岁月的回忆和感慨。垂暝的本质是思考和伤心，金黄色的梦的相寻象征着留恋和不舍。但是，无论是痛苦还是幸福，对于现在的歌德来说都已经无足轻重。在伊丽莎白·薛涅曼的温情中，在苏黎世湖的湖面上，在美丽的大自然的怀抱里，歌德相信都会有新的恋爱和新的生命产生。歌德的这种思想与前不久诗人创作的诗歌《新的爱，新的生活》所反映的主题如出一辙。在《新的爱，新的生活》中，歌德的记录和描述主要围绕一个"新"字展开。

不宜将歌德在这里针对垂暝的眼和金色的梦所表现出的决绝情绪定义为对伊丽莎白·薛涅曼的厌倦。新的恋爱和新的生命所蕴含的渴望与期待就是为伊丽莎白·薛涅曼而发。"这里也有恋爱和生命"中的"这里"不是指苏黎世湖的风光，"这里"在此处泛指歌德与伊丽莎白·薛涅曼的关系。只有这样，《湖上》才能称得上是一首赞美和颂扬自然和情感的诗篇，诗歌的关键元素和标志"相融"才能得到具象的体现。在《湖上》，自然因情感而美丽，情感因自然而甜蜜。自然与情感相融相生，构成了《湖上》最具特色的风景描写和情感抒发。歌德对苏黎世湖的景色描写虽然精彩，但却并未超越诗人之前的成就。苏黎世湖面上的粼粼波光、被软雾裹挟的远山和倒映在湖水中的果实，都让我们觉得似曾相识。由此可知，歌德创作《湖上》的本意并非为了描写自然景色，表达自己的幸福和远大的精神追求才是歌德创作本诗的本意。从表面看，《湖上》是一首描写风景的诗，从内容论，本诗实际上是一首"抒情言志"诗。醉翁之意不在酒，歌德在《湖上》实际扮演的就是"醉翁"的角色。

> 水波上闪烁着千颗浮动的明星，
> 柔雾吞没了四周穹窿的远景；
> 黑沉沉的水湾晓风吹动，
> 垂熟的果实倒影湖中。

苏黎世湖风景优美，可以"入诗"的东西很多。依照心情，歌德选择风景以宜人、舒适和满足为主要标准。也可以对《湖上》的景物描写做这样的解释：怀揣着伊丽莎白·薛涅曼的爱情和对未来美好生活的向往，歌德眼中所有的一切皆被赋予了爱的特征。闪烁的水波和浮动的明星，柔曼的云雾和四周的苍穹，皆对诗人张开了友善的胸膛。除此之外，语言的对仗与象征的呼应则构成了《湖上》的独特语言优势。以本段诗歌为例，黑沉沉的水湾和垂熟的果实、闪烁的水波与柔曼的云雾之间皆形成了一种微妙的语意对应与连接关系。通过这样的修辞手段，《湖上》的风景不再孤立，它们交相辉映，共同构成了一幅完整的画面。即使如此，《湖上》的风景也不是抒情主人公心境的附属存在。在歌德的笔下，受人控制和影响的客观事物也会经常"反客为主"，成为抒情主人公的主人。这样的描写会给阅读者造成一种误解，所谓的诗歌创作似乎是进入了一种"去主观化"的写作模式与状态。我们认为，绝对的"去主观化"不可能在诗歌创作中真实存在，"去主观化"更应被理解为将人的主观意志、思想倾向和审美主张等隐藏在客观事物之后。按照这样的逻辑和思路去阐释《湖上》后两个段落中的诗歌风景，人们会更加理解隐藏于整首诗歌背后的歌德的良苦用心。在苏黎世湖上的闲适的旅游和在旅游过程中被诗人捕捉到的风景，表面看几乎没有诗人的情感和主张，但实际上，歌德仅是将自己的情感和主张做了更加深刻和巧妙的隐藏。

歌德在《湖上》所表现出的逃避情绪主要通过对自然的情感抒发而实现。但是，歌德的逃避情绪并非是因对伊丽莎白·薛涅曼的不满而起，在很大程度上，歌德宁愿耽于自然的美景也不愿正视社会现实的表现多是为与过去的生活斩断联系。对于注重精神探索的歌德来说，他作为诗人的使命使他只能永远行走在前行的路上。对于精神之路而言，前行的标志主要就是要不断地对过去进行否定。不排除歌德创作《湖上》时与伊丽莎白·薛涅曼之间存有争执，但是，这种争执却与两人之间日后形成的不可调和的矛盾无关。歌德在《湖上》所表现出的逃避情绪更应该是一种矫情，目的主要是为引起伊丽莎白·薛涅曼对自己的关注。片面夸大《湖上》所表现出的抒情主人公的不满和抱怨，将会把对本诗的解读引入死胡同。

通过对自然景观的赞美，歌德实现了表述和展现自己崇高精神理想的愿望。歌德在《湖上》绝非是要发泄自己的不满情绪，借着对自然的歌颂，歌德希望让伊丽莎白·薛涅曼对自己有一个更加深刻和全面的了解。诗歌中表述的对告别过去生活模式的渴望暴露了歌德的真实想法，所谓的新生活和新爱情，都只有在与伊丽莎白·薛涅曼的交往中才能得以实现。

作为一个诗人，歌德始终怀有一颗淡然之心。以往的情感经历让歌德陷入了俗世争议的漩涡，他与夏洛特的分手更是让人们对歌德的人品开始产生怀疑。既是为了向伊丽莎白·薛涅曼示爱，也是为了表明自己始终怀有着崇高的精神理想，歌德在《湖上》开始将所有的情感向自然倾诉。歌德下意识地想要通过这样的方式向世人表明自己的清白，他与夏洛特的分手是为完成自己的使命，他选择与伊丽莎白·薛涅曼订立婚约并非是为贪图荣华富贵。需要指出的是，歌德的表白并非针对一件具体的事物而发，与伊丽莎白·薛涅曼恋爱之初，歌德为讨得伊丽莎白·薛涅曼的好感，不惜花费大量的时间和精力去与自己不熟悉的人和事物交往。歌德的表白是对自己近段整个生活方式发生改变的解释，诗歌带有的明显的"故弄玄虚"彻底暴露了歌德的私心。

歌德苦恼于自己的改变，试图在自然的怀抱中找寻往昔的生活目标。泛舟在苏黎世湖上，歌德虽然难以忘怀伊丽莎白·薛涅曼的爱情，但在某些瞬间，诗人在面对自然美景时确实达到了忘我的境地。忘我的景物描写剔除了人类主观思想的参与与干扰，使得最纯粹最无私的自然呈现在人们面前。从整体上看，《湖上》就是以这种忘我的情怀提升了歌德爱情诗创作的高度，将静谧的神性世界展现在世人面前。

犹豫和徘徊是《湖上》描述的重点内容。无论是伊丽莎白·薛涅曼的爱情，还是往昔生活的美好，都在《湖上》与歌德的精神世界产生了明显的冲突。尘世的生活的美好仅是一个瞬间，只有精神和艺术能够万古长青。本着这样的主题思想和审美趣向，歌德的情感表达在本诗更习惯以一种若有若无的形式呈现。让人们产生长久印象的不是诗人稍纵即逝的情感，而是诗人以较长篇幅摆放在人们面前的苏黎世湖上的美景。但是，《湖上》的主角儿毕竟是后者而不是前者，物质元素即使在本诗占据了主要的地位，在其中左右诗歌灵魂的却依然是精神和艺术。自然与情感的相互交融构成了《湖上》最大的艺术特色，200多年以来一直以此深深打动着亿万读者的心。

14. 爱情诗《猎人的晚歌》中诗人主观情感的客观表达

歌德曾经说过，他创作的所有诗歌作品皆为有感而发。如果没有非要诉说的思想和情感，歌德宁愿让自己一直保持沉默。

秉承着这样的创作理念，歌德的抒情诗皆具有浓郁的主观情感色彩。即使是在一些所谓的"客观诗"中，歌德也常常是直抒胸臆，把自己的思想和主张毫无保留地展现在读者面前。

歌德的这一创作习惯让歌德的作品从诞生之初就具有明显的公众色彩。换而言之，歌德的诗歌基本都是作者为声明一种观点和表明一种态度而作，即使是内心独白性质的诗，歌德也总是希望让更多的人在更大的范围听到。

歌德的创作习惯直接形成于对欧洲古典文学传统的继承。在18世纪的欧洲，文学是一种大众的消费品，基本不具有当今的"小众"或者"个体"的特质。作者通过艺术形式（艺术形象）将自己的思想、审美和经历等公之于众，以期引导人类社会向更加文明的方向前进，这是人类文学创作活动共同走过的道路。文学的严苛道德标准深深影响了歌德对文学的理解，使得这位伟大而天才的诗人总是将自己的精神和灵魂和盘托出，丝毫不注意保留生活的隐私。成名后的歌德以德国乃至欧洲最伟大的作家自居，习惯将自己视为道德的楷模和思想的领袖。这样的创作意识让歌德更注意和愿意将文学当成一种大众的消费品，文学的公众属性得到进一步的巩固和加强。

作为大众消费品的歌德的抒情诗无法替歌德遮掩哪怕是丝毫的人格和行为瑕疵，为了维护自己作为正人君子和魏玛公国肱股之臣的尊严，歌德下意识里开始在抒情诗中使用各种方法掩盖自己的尴尬。除了常用的强调抒情主人公、诗歌作者和诗歌人物之间的差异性，把强烈的主观情感隐藏于貌似纯粹的客观描写之下是歌德最擅长和最喜欢使用的方法。在歌德的抒情诗中，主观感情即为歌德的生活经历与感受，客观描写即为自然风光。具体到《猎人的晚歌》这首诗，主观情感指歌德与夏洛蒂·封·施坦因的微妙关系，客观描写指歌德的狩猎。

从青年时期开始，歌德即擅长通过情感与自然风光的相生相融揭示人性和崇高与卑劣。成名后的歌德将这一特色发扬光大，创作出了无以计数的传世诗歌精品。《猎人的晚歌》作为歌德中年时期的代表诗作，不仅被舒伯特谱成曲子在世界各地广为传唱，而且随着时间的推移被赋予了更加深厚的文化内涵与审美趣味。

《猎人的晚歌》创作于18世纪末期，是歌德献给夏洛蒂·封·施坦因的情诗。作为魏玛公国宫廷里一位颇有影响力的女官，夏洛蒂在歌德初到魏玛公国任职之时给予了他极大的帮助。歌德与夏洛蒂的微妙关系遭到了公众舆论的普遍抵制，作为一个有夫之妇，夏洛蒂在与歌德相识之初也曾力拒歌德的纠缠。歌德对于自己的这份情感也是心生犹豫，为了摆脱心魔的折磨，他多次选择外出旅行，希望在大自然的怀抱中忘掉对夏洛蒂的思念。《猎人的晚歌》所描述的夜晚打猎的场景，就是歌德众多旅行中的一次。

虽然付出了巨大的努力，歌德与夏洛蒂最终却都没有摆脱掉对对方的牵挂。之后不久，歌德与夏洛蒂在魏玛公国过起了几乎是公开的情侣生活，并且将这种生活维系了10年之久。夏洛蒂的出现对于歌德个人来说意义重大，她不仅指导歌德快速熟悉并且融入了魏玛公国的贵族圈和文艺圈，而且对歌德的文学创作提供了直接的帮助。在夏洛蒂的建议下，歌德摒弃掉之前文学创作中经常出现的稚嫩的激情，开始研究和表现文学的思想和审美方面的内容。"狂飙突进运动"的领袖标签在歌德身上逐渐被理性而富有激情的作家与诗人标签所替代，歌德也由此进入到了世界作家的行列。在经历了人生的动荡和爱情的波澜之后，歌德最终在比自己年长的夏洛蒂的身旁找到了精神的和物质的双重港湾。

曾经有学者认为《猎人的晚歌》是为伊丽莎白·薛涅曼而作。提出这一结论的理由主要是歌德在这首诗中表现出了明显的逃避情绪。《猎人的晚歌》诞生于歌德与伊丽莎白·薛涅曼分手的前后，诗歌所表现出的逃跑情绪遂成为本诗是为伊丽莎白·薛涅曼而作的直接证据。《猎人的晚歌》究竟是为谁而作对于阐释本诗的主题思想和艺术水平至关重要。献给夏洛蒂的《猎人的晚歌》主要表现的是作者对未来幸福和美好生活的向往，献给伊丽莎白·薛涅曼的《猎人的晚歌》主要表现的则是作者对过去的否定和躲避。根据诗歌的大的主题思想和结构安排，结合同时代人的回忆和近年来歌德文学研究的重要成果，《猎人的晚歌》应该是为夏洛蒂而作。歌德为诗歌中抒情主人公设定的身份是猎人，猎人具有的英雄气质和冒险精神让本诗祛除了女性气质，即使是躲避、逃跑和懦弱的抱怨，在《猎人的晚歌》中也瞬间转化成了爱的表白。

《猎人的晚歌》没有直白的情感倾诉，甜蜜的爱情描写总是穿插于紧张有序的狩猎行动中，从头至尾呼应着"猎人的晚歌"中的"猎人"和"晚歌"意象。值得强调的是，《猎人的晚歌》中的女性角色并非抽象的存在，作为一个有血有肉的抒情主人公爱慕的对象，她罕见地有着自己的思想和性格。诗歌所包含的深刻思想和多重人物形象构成了《猎人的晚歌》独特的艺术魅力，从一个侧面反映出歌德诗歌创作水平的提高。仅仅是用了 8 个诗行，诗人就将《猎人的晚歌》的主题、结构、人物、情节等做了详尽的交代。不仅如此，通过抒情主人公的"悄悄疾行"和女主人公的"悄悄缓行"，诗歌段落与段落之间的呼应关系也已搭建起来，和整首诗歌的首尾呼应建立起了紧密而巧妙的连接。表面看，《猎人的晚歌》讲述的一场狩猎活动，实际上，《猎人的晚歌》记录的是作为"猎人"的诗人的一场相思。本诗描写的主观情感至少包含有两个方面的内容，其一是歌德对夏洛蒂的爱情，其二是歌德的热情和夏洛蒂的冷淡。《猎人的晚歌》将主观情感所包含的两个内容皆隐藏在狩猎描写的背后，客观表达罕见地实现了对主观情感的生动表述。除此之外，歌德在《猎人的晚歌》中故意强调夏洛蒂的矜持，而对于自己在诗中的形象，诗人则满足于仅用卑微与渺小来形容。这样的描写固然可以被解释为遵循了历史的真实，但在这所谓的历史的真实的背后，其实还隐藏着更大的解释与开脱。从诗歌描述的对象和揭示的内容来看，歌德对夏洛蒂的保护也是通过委婉的客观表达才得以实现，所不同的是，这种委婉的客观表达并非仅以客观事物为掩护，它更深更隐蔽地存在于整首诗歌的结构中。女主人公的"缓行"和男主人公的"疾行"形成了明显的视觉反差。钱春绮先生由此得出了这样的结论："诗人表面上佯作镇静，内心却很激动，而他的爱人却无论是外表上或是内心里都像若无其事，因为失去他，并不使她心痛。"产生如此大的学术分歧的原因有很多，最关键的一条就是前者将《猎人的晚歌》视为献给夏洛蒂的情诗，而后者更倾向于将本诗视为是为伊丽莎白·薛涅曼而作。除此之外，坊间曾经流传夏洛蒂曾经多次拒绝歌德的爱情。在歌德几近一年的爱情攻势下，夏洛蒂最终才选择了投降和接受。从这一角度讲，歌德在《猎人的晚歌》中描述的女主角儿的矜持就并非是一种善意的遮掩，也许，在二人将近 10 年的情人关系中，歌德和夏洛蒂一直就不曾对他们的背叛释怀。

《猎人的晚歌》中抒情主人公的"猎人"身份是歌德为自我美化而为。通过"疾行"、"将火枪装上枪弹"的细节描写，多情的抒情主人公具有了英雄气质。作为一首抒情诗歌，抒情主人公的英雄气质不仅丰富和提升了整首诗歌的浪漫主义情怀，而且与女主人公的柔美与娇柔气质形成了对比。《猎人的晚歌》中的所有元素和描写对象都处在对立的和谐中，疾行和缓行、英雄气质和柔美风格、主观情绪与客观描写、我的热情与你的冷漠等等，无一不具有这样的艺术特色：

> 我在原野里悄悄疾行，将火枪装上枪弹，
> 你的清姿，你的倩影，浮现在我的面前。
> 你也许正在悄悄缓行，走过幽谷和荒原，
> 我这倏然消逝的面影，没在你眼前出现？
> 他在世界各处飘荡，满怀抑郁和不快，
> 他漫游过东方西方，只因要跟你分开。
> 我一想起你的面影，就像在注望月亮；
> 宁静的和平向我降临，不知道怎会这样。

在接下来的段落中，歌德将情感表白的重点放在了委婉的解释和声明上。诗人宣称，为了摆脱对夏洛蒂的思念，抒情主人公曾经"满怀抑郁和不快"地"在世界各处飘荡"。用旅行的方式摆脱爱情的痛苦，这对歌德来说是一种最

为便捷和有效的方法。在歌德以往的爱情经历中，歌德经常选择这样的方式去逃避爱情与婚姻的纠缠。歌德之所以对这种方法情有独钟，皆因诗人对大自然有着独特的理解和特殊的感情。作为一名著名的"泛神论"者，歌德相信万能之神就存在于自然之中。遭受了爱情的打击之后，唯有自然的静谧才能医治好心灵的创伤。《猎人的晚歌》不是一首表示投降和屈服的诗，它的创作冲动是爱的坚守与爱的表白。基于这样的理由，《猎人的晚歌》赋予了抒情主人公诗人和英雄两个方面的性格特征。"满怀抑郁和不快"地"在世界各处飘荡"彰显了抒情主人公的诗人的浪漫，毅然决然的分手彰显了抒情主人公的英雄的豪情。诗人和英雄的性格共存于抒情主人公一身，通过这样的方式，歌德完成了对爱情甜蜜的赞美和道德犯罪的救赎。

根据本诗的主题和歌德实际的人生经历，"在世界各处飘荡"的"他"也可理解为精神的歌德。精神的歌德以"他"的面目出现，与"我"的代言者抒情主人公之间形成了物质和精神层面的呼应。精神世界的参与使整首诗歌不再呆滞而凝重，瞬间现出空灵与飘逸之美。"他者"的出现并非仅是为着神性的表达，在增强诗歌客观性方面，"他者"的主观性解释显得更加真实可信。在这一刻，抒情主人公和女主角儿站在了同一个话语层面，他们共同以道德的和审美的眼光查看诗歌作者的表现，共同对同一个事物做出判断。显然，歌德在《猎人的晚歌》中使用了一种更加高级的叙述模式，它不仅增加了诗歌的思想厚度和审美深度，而且将主观感情色彩浓郁的内容通过客观描述巧妙地表现了出来。

在诗歌的最后段落，歌德将对爱情的颂扬转向了爱情的精神层面。按照这样的逻辑，歌德之前对爱情的赞美都仅是针对其俗世情感而发生。俗世情感让抒情主人公的内心充满幸福的激动，精神愉悦让抒情主人公归向"宁静的和平"。"宁静的和平"降临在抒情主人公的身上，这样的描写绝非象征着歌德对爱情的否定。幸福的激动和"宁静的和平"都是歌德所看重的和爱情密切相关的内容，除非完全抛开歌德关于爱情的全部理解与期待，否者根本得不出这样的结论。

能够为以上观点提供的直接证据很多，其中之一就是歌德在完成《猎人的晚歌》后还创作了另一首无题诗。在那首曾经也被命名为《浪游者之歌》的短诗中，歌德直抒胸臆，无遮无拦地把在《猎人的晚歌》中委婉表达的主观情感予以了彻底的释放：

> 你乃是从天而降，熄灭一切烦恼伤悲，
> 谁有双重的愁肠，你也给他双重安慰，
> 唉，我已经倦于浮生！管什么欢欣苦痛？
> 甘美的和平，来进驻我的胸中！

　　需要指出的是，无题短诗创作完成之后，歌德即刻专门派人将之送往夏洛蒂的家中。歌德以实际行动向夏洛蒂表达了自己的爱情后，矜持和犹豫不决的夏洛蒂感动于歌德的执着与坦诚，从此和歌德情意绵绵，断断续续保持了10年之久的暧昧关系。无论是诗歌的主题，还是诗歌描述的具体内容（爱的感觉），这首无题短诗都堪称《猎人的晚歌》必不可少的补充。无题短诗证明了《猎人的晚歌》究竟是为谁而作，证明了歌德在《猎人的晚歌》中所描述的"宁静的和平"是对爱情的期待而非失望。在无题短诗中，歌德所看重的"宁静的和平"依然存在，只不过被作者换成了"甘美的和平"。尽管如此，无题短诗却无法成为《猎人的晚歌》的姊妹篇。无题短诗仅是《猎人的晚歌》中最后一个段落内容的延续，并没有与前者形成结构和思想上的对等关系。

15. 歌德抒情诗《航海》中的理性之光

论及歌德的理性，喜欢的人将之视为修养和风度，讨厌的人将之视为冷漠与虚伪。在所有攻击和否定歌德理性的人群中，以罗曼·罗兰的言论最广为人知。作为一个在世界范围内有着极高知名度和影响力的作家，罗曼·罗兰做出的对歌德理性的结论对歌德的作品和人品研究皆有重要影响。需要特别指出的是，罗曼·罗兰关于歌德理性的评论发生在他与歌德的后裔玛尔维达·封·梅森葆夫人的通信中。看到23岁的罗曼·罗兰对歌德做出的带有冒犯和不尊重的评论，73岁的玛尔维达·封·梅森葆夫人即可做出了委婉的但却是观点鲜明的批驳："亲爱的朋友，一般说来，艺术——闪耀着圣光的真正的艺术只是为了最高尚的人所创造，并且只能被他们所了解。你不相信这点吗？最伟大的杰作一直只能被一些感情和智力的贵族所欣赏。"罗曼·罗兰的反感主要集中在歌德作品的缺乏热情上，依照罗曼·罗兰的观点，歌德过多地将自己隐藏在虚伪的面具之后，无论是在作品中还是在为人处世上都没有做到完全的释放："我不爱歌德沉溺于哲学、科学和宫廷事务中。并且，我绝对不喜欢歌德的'思考'。他那凝视就像12月的太阳，它给你光，可又叫你冻僵；我在经历了歌德的彻骨冰冷后需要莎士比亚的热情使自己温暖。况且，他那'渊博'的智慧并不包涵人类性灵中最高尚的素质。这个伟大的异教徒对现代世界中多少事物都不能掌握呵！"罗曼·罗兰以莎士比亚的激情否定歌德的理性，这样的论证方式本身就存有极大的漏洞。众所周知，歌德一生的文学创作始终以莎士比亚为榜样，莎士比亚作为歌德最最尊重和敬仰的作家，后者不可能对其性格和作品中的热情与激情视而不见。歌德对莎士比亚献身文学事业精神的继承被歌德赋予了自己的色彩，与莎士比亚不同，歌德的激情常常隐藏在理性之后，并不经常以莎士比亚的方式示人。玛尔维达·封·梅森葆夫人不同意罗曼·罗兰锋芒毕露的指责，指出歌德的艺术（激情）　"只能被一些感情和智力的贵族所欣赏"。玛尔维达·封·梅森葆夫人并没有将罗曼·罗兰视为不懂艺术欣赏的粗鄙之徒，玛尔维达·封·梅森葆夫人仅是想通过这样的论述阐释歌德人品与作品中的激情未必非要通过激情的形式展示不可。

　　事实上，歌德的作品和人品并没有如罗曼·罗兰所说的那样虚伪和冷漠，歌德的理性思考皆以积极的态度和火热的激情为基础。如果不是这样，歌德不可能成为德国"狂飙突进运动"的扛大旗者。歌德的抒情诗、爱情诗和其他类别的诗歌以及文学作品，无不充斥着歌德的热情与激情。实际生活中的歌德也并非罗曼·罗兰所理解和描述中的样子，他敢爱敢恨，直到晚年依旧是一位愤世嫉俗的不良社会制度与风气的反抗者。对于罗曼·罗兰对歌德没有将自己的全部生命投入到伟大的文学事业上的指控，无可辩驳的事实和研究成果足以证明其荒唐和难以站稳脚跟。在生命的最后 10 年，歌德不仅完成了一部伟大悲剧的创作，而且将《浮士德》第二部杀青。

　　对于歌德在生活细节上的精致与讲究，罗曼·罗兰也多有微词。他这样评价歌德在魏玛公国从政时期的生活："……他是一个精致的享乐主义者、一个计算欢乐的数学家；他从来不错过一滴乐趣，并且永远在提炼。此外，他只充满着自我……除非有人能证明我是错的，我将在歌德的作品中只看到一个灵魂、一个生命，是他自己的，而且是一个艺术家的生命，不够坦朗，太矫饰，使我不得不更爱莎士比亚笔下的最渺小的可是自由的生命。"罗曼·罗兰再次以莎士比亚为参照系，对歌德生活的所谓奢靡与作品的所谓虚伪进行攻击。这样的评论对于歌德来说未免有失公允。歌德在魏玛公国循规蹈矩，若论"奢靡"，也仅仅是生活质量好过了与他同时代的文人（例如席勒）而已。歌德的自我欣赏和自我满足并非自私自利，他在作品中对自我意识的强调，更多是为了满足理解和剖析世界本质和人生意义之需。文学作品可以令阅读者心情澎湃，对于创作者来说，理性的自我和自我的理性却不可或缺。理性与激情是歌德性格和作品中的两大基石，它们交相辉映，构建起了一座恢弘的艺术殿堂。对于歌德以及歌德文学作品来说，理性和激情任何一方的缺失，都会致使这座艺术殿堂的坍塌。罗曼·罗兰对歌德的批判摆脱了以往文艺批评仅以文本为依据的狭隘做法，开始将观察的视角转向作者的灵魂。但是，罗曼·罗兰过于看重作者的个人品质对作品本身的影响，以致于在对歌德的文学成就进行总结时产生了较大的偏差。一位受到世人普遍欢迎和尊敬的作家和诗人在罗曼·罗兰这里成了享乐主义的象征，他的富有激情的作品也成了矫揉造作的代名词。罗曼·罗兰的偏激并非仅对歌德造成了伤害，以这样的方式评论达·芬奇和他的世界名画《蒙娜丽莎》，蒙娜丽莎的微笑也成了达·芬奇虚伪性格的牺牲品。

歌德的诗歌作品历来重视记录和反映自己内心的真实感受，与莎士比亚不同的是，歌德不喜欢将这种真实感受"和盘托出"，除非是万不得已，作为魏玛公国肱股之臣的诗人更习惯和擅长将真实的内心感受用委婉的方式方法加以表达。以歌德初到魏玛公国时期创作的诗歌《航海》为例，歌德就是通过明喻、暗喻以及象征的艺术手法，把他在魏玛公国从政初期所遇到的困难、委屈生动地表达了出来。诗人的激情不仅没有因为诸多创作手法的运用而受到损害，理性的暗示反而让倾听者能够仔细体会歌德的诉求，诗人也因此达到了自己的创作目的：

几天几夜，装载完毕的船，
正等着顺风，我跟忠实的友人，
举杯消遣，培养耐性和勇气，
停在海港里。
"我们非常希望你快点出发，
希望你一帆风顺；
无数财宝已在世界上各个地方恭候你，
等你回来，在我们怀里接受爱和赞扬。"

《航海》不是一首描写风景的诗，也不是一首颂扬友情和爱情的诗。根据诗歌所描写的内容，《航海》更像是一篇记录自己日常生活轨迹的日记。在诗歌的开头，歌德实际描述了他乘船前往魏玛公国任职前与朋友欢聚的场景。歌德并没有隐瞒自己的真实感受，诗句"我跟忠实的友人，举杯消遣，培养耐性和勇气"背后的意思是：1775年10月，歌德接受魏玛公国卡尔·奥格斯特大公的邀请，决定到该国供职。卡尔·奥格斯特大公告诉歌德，他要专门派一辆马车接歌德到魏玛公国。经过慎重考虑，歌德放弃了早先计划好的到外地旅游的计划，开始在一个港口等待魏玛公国的使臣和马车，并利用这段时间与众位好友宴饮话别。但是，数天过去了，魏玛公国的使臣和马车却仍不见踪影。歌德以为卡尔·奥格斯特大公改变了主意，他为此心情烦躁，甚至打算继续执行自己的计划，和朋友们一起到欧洲各国旅游。由此可知，"耐性和勇气"在这里并非一句空话，它实际体现的是歌德的抱怨和不满，是诗人真性情的真实暴露。需要指出的是，《航海》并没有将迟迟不能出发的原因归咎于迟来的迎接，在这里，不适合扬帆远航的天气成了替罪羊。写作《航海》时的歌德已经到达魏玛，这首诗实际是歌德对来魏玛赴任时的情景回忆。诗歌中朋友的祝福既是一种真实记录，也委婉表达了歌德的物质诉求。有学者认为歌德在魏玛公国的任职是一种失败的经历，这样的结论同样值得推敲。以《航海》所反映出的歌德的智慧和情商，诗人在魏玛公国的任职断不至于糟糕透顶，被认为是歌德人生的污点。

作为一首写给魏玛公国卡尔·奥格斯特大公的诗，歌德肯定不会狭隘地表现诗歌的主题。接下来的段落中，诗人将笔触伸向了快乐的海洋。通过这样的描写，不仅《航海》中前两个段落提及的诗人的不满和抱怨不再是人们注意的焦点，而且卡尔·奥格斯特大公的伟岸形象也从另一个侧面得到了加强。之前堆积在诗人和友人心头的阴霾瞬间散尽，取而代之的是欢呼的人群和热情的太阳：

> 一大早，听到人声嘈杂，
> 水手的欢呼把我们从梦中吵醒，
> 大家拥挤，活跃，忙碌，
> 趁初次的顺风开始航行。
> 帆船被海风吹鼓得十分饱满，
> 太阳用火样的爱诱惑我们；

　　帆在移动，天上的云在移动，

　　　所有的朋友都在离岸时欢呼，

　　唱希望之歌，陶醉于话了之中，

　　　想象早晨出发和最初几次，

　　　　仰望高空星夜的旅行之乐。

　　《航海》的风景描写虽然不是歌德注意的重点，但凭借着超人的诗歌天赋和良好心境，歌德依然将作为"载体"使用的海上航行描写得十分精彩。从水手的欢呼开始，以帆船的离岸结束，大量的欢乐元素被注入其中。客观描述中最能体现诗人主观心态的除了水手的拥挤、活跃和忙碌，还有就是吉祥的风、饱满的帆、火样的太阳以及移动的云。尤其是修饰太阳的"诱惑"两字，更是把歌德的热情表现得淋漓尽致。但是，即将开始的航行虽然充满快乐，但到目前为止却并没有真正走入歌德的内心。《航海》中的抒情主人公在听到启航的好消息后并没有失去自己的矜持，诗歌所表现出的所有的快乐皆为表面的快乐。从一定意义上说，抒情主人公的冷漠和淡然皆由客观气质明显的理性所致，和真正的主观情绪隐藏于客观描写之后的叙述模式完全不同。之所以形成这样的结果，主要是建立起二者联系的纽带上没有象征、暗喻等艺术创作手法的运用。此时此刻，"所有的朋友"虽然在帆船离岸时都发出了欢乐的呼喊，都在"唱希望之歌"，但在歌德的内心深处，他却依然没有打开因为延迟的出发所造成的别别扭扭的心结。

　　《航海》的情景描述和风景描写蕴含有歌德的复杂心机，除了上文已经说到的委婉的抱怨，歌德的暗示还存在于歌德的朋友对歌德所发出的美好期待与祝福中。"唱希望之歌"、"想象早晨出发和最初几次"的"仰望高空星夜的旅行之乐"，即使是这些看似简单的情感抒怀，歌德也有意将它们隐藏于理性之后。在歌德的字典里，理性不是虚伪和做作，理性是一种高深的修养和优雅的气质。赤裸裸的主观欲望表达方式不是歌德的习惯，即使是有充足的理由，歌德也不会选择直面可能存在的矛盾和冲突。对于歌德来说，委婉理性的表达也是一种逃避，而逃避的目的大多仅是为了顾及彼此的难堪和尴尬。

欢乐不是《航海》的主题，描述困难、诉说委屈、表示决心是歌德创作本诗的初衷。接下来的段落中，歌德通过对海上航行艰难以及克服艰难的过程描写，巧妙完成了预先设定的写作计划：

> 可是天神送来的变化无常的风，
>
> 　　把他飘到预定的航程之外，
>
> 　　表面看来他像要对它屈从，
>
> 　　　可是他却暗暗寻求对策，
>
> 　　虽走弯路，还坚持自己的目标。
>
> 　可是从那阴沉、灰暗的远处，
>
> 　　暴风轻轻预告它的来临，
>
> 　　它把飞鸟赶到水面上来，
>
> 　　也使人们激动的心消沉，
>
> 　　暴风来了。在它的盛怒之下，
>
> 　　　船夫明智地扯下了船帆；
>
> 风和波涛把这不安的皮球踢来踢去。
>
> 　　"唉，他为什么不在这里留下！
>
> 　瞧那暴风！吹得他跟幸福离开！
>
> 　　这位好人就这样陷于绝境！
>
> 　唉，他竟然，唉，他竟会！天神啊！"

歌德的困难和委屈来自初到魏玛公国任职时的艰难处境。作为一个"空降干部"，歌德在魏玛公国初期从政的日子并不好过。即使是在德国国内甚至在欧洲文坛已经小有名气，歌德的领导资历和才能依然无法服众。这样的结果并非完全由众人的嫉妒心所致，歌德在魏玛公国从政的经历从头至尾都谈不上成功。学界公认的观点是：歌德称得上是一位伟大的作家和诗人，但却与卓越的政治家毫不相干。歌德在魏玛时期的任职功绩，主要是靠他在文学艺术上的影响力把当时德国的艺术和文化中心继续保留在了魏玛。除此之外，歌德刚到德国便和魏玛公国的女官斯坦因夫人打得火热,后者对歌德的文学才能佩服有加,不仅与之共同探讨文学问题,而且努力将歌德引入魏玛的高层社交圈,使他相对顺利地开启了自己政治家和艺术家兼顾的生活模式。与斯坦因夫人的暧昧关系给歌德造成了极大的麻烦,使原本就困难重重的诗人的从政过程更加不顺。但是,倔强的歌德并没有屈服,作为艺术家和诗人,歌德的对策是我行我素,作为魏玛公国的肱股之臣,歌德的对策是向魏玛大公委婉表达困难和克服困难的决心。在《航海》中,歌德将艰难的航海过程作为喻体,将自己的主观诉求作为象征,理性表达出了观点鲜明的主观诉求。《航海》以无可辩驳的事实证明,作为艺术家和政治家的歌德并非冬天的太阳,他在将自己的光辉照耀众人的时候,还将自己的热量传输给了众人。虚伪和冰冷不是歌德文学作品的本质,否则,《航海》不会诞生,世界宝贵遗产《少年维特之烦恼》《浮士德》《葛兹·冯·贝利欣根》更不会问世。

16. 歌德的爱情"逃跑"辩

歌德的"逃跑"特指歌德在面对爱情与婚姻时因害怕承担责任而选择的躲避和不辞而别。歌德的"逃跑"虽然是个人行为，但却对他的文学创作产生有深刻的影响。研究成果表明，歌德的一生经历了多次的"逃跑"经历，这些经历每次都能激发起歌德内心深处的情绪，使他产生思想与审美的灵感，继而创作出伟大的作品。

学界对歌德的"逃跑"历来采取的是宽容态度。之所以这样做，主要是因为歌德的"逃跑"直接催生了伟大艺术作品的诞生。过分苛求歌德的"逃跑"，对于伟大艺术作品的阐释无疑会形成难以逾越的障碍。

近年来，随着自媒体技术的广泛运用，人们对歌德的"逃跑"开始发出不同的声音。一种有代表性的观点认为，歌德的"逃跑"是自私自利的行为，他所谓的艺术作品中少有或者根本没有对人类未来的关心。歌德作品中曾经颇受褒扬的"思考"，与莎士比亚作品中的"爱"相比不值一提。歌德及其作品就像是冬日的太阳，虽然阳光普照，但却根本没有温暖。

关于歌德对德国文学的贡献问题，刘硕曾经有过精彩而独到的评论。刘硕认为，论及歌德崇高文学地位的建立，歌德对德国文学乃至世界文学的贡献无与伦比。歌德之前，德国文学或者是新教与天主教之争，或者是市民与贵族之争，文学的任务多是娱乐和消遣。歌德之后，德国文学开始关注社会现实问题，人的个体感受成为了描述的对象。从歌德开始，德国文学的任务转向描述和揭示人与社会的对立与联系问题，文学开始走出传统的狭隘天地，成为欧洲文学乃至世界文学的构成部分："歌德是用纸笔告诉人们，当你心中有一份情，就不惜一切代价追随它，至死不渝。文学回归人性，回归自然。在德语文学史上，史无前例。也就是从歌德开始，德语文学界开始了在写实与抒情、理性与情感之间交替轮回的局面。可以说德语文学一半以上的辉煌始于歌德。"过于宽容和过于严苛地对待歌德的"逃跑"都不是理智行为。作为一个艺术家，歌德自有艺术家的尊贵人品；作为一个普通人，歌德当然也有普通人的性格缺陷。只看到歌德作为艺术家的尊贵，会让歌德高居神坛而成为孤家寡人，只看到歌德作为普通人的缺陷，会让歌德及其作品失去精神引领作用。

歌德一生以纯粹精神追求为目标，将自己的热情和才华无私地奉献给了人类的文学艺术。在人生道路的选择上，歌德虽然目标明晰，却也走过弯路和有过迷茫。在爱情与婚姻的十字路口，歌德数次因为这样和那样的原因选择"逃跑"。歌德的"逃跑"给他人造成了极大的伤害，同时也让自己的心灵和肉体备受煎熬。按照事件发生的性质和原因，歌德的"逃跑"可以笼统概括为"最该被理解与原谅的'逃跑'""最应受到谴责的'逃跑'""最有价值的'逃跑'""最明智的'逃跑'""最伪善的'逃跑'""最值得称赞的'逃跑'"。客观评价歌德的"逃跑"，需要对每次事件的发生、过程和结果做具体的分析。笼统的评价不能覆盖歌德所有"逃跑"的性质，更不能由此得出公正结论而对歌德问题研究有益。

歌德的第一次"逃跑"发生在凯卿身上。这个比歌德年长两岁的女孩儿是歌德的初恋，学界长期以来之所以对凯卿的存在视而不见，主要的原因是认为14 岁的歌德年纪尚小，他与凯卿的爱情更像是一场儿童游戏。这样的结论对于凯卿显然有失公平。凯卿和歌德虽然以姐弟相称，实际却是真正的男女之爱。凯卿以自己的美貌得到了歌德的爱情，但是，巨大的社会身份差异却让歌德最终打了退堂鼓。二人的爱情虽然以凯卿的率先离开为结束，但实际上，当凯卿因为一场刑事案件而牵连上歌德的时候，这位未来的诗人和作家就已打定了"逃跑"主意。14 岁的歌德看重爱情，但他却更看重自己的前程。从小就将家族振兴的重担扛在肩上的歌德，无论如何不会"因小失大"，不会为了暂时的激动而放弃既定的人生目标。歌德的第一次"逃跑"催生了歌德爱情诗的灵感，凯卿作为一个带有假想特征的爱恋对象，让歌德更注意从精神的层面而并非物质的层面思考和追求爱情。

1765 年 10 月，歌德来到了莱比锡。这一时期的歌德在诗歌创作上囿于个人的狭隘天地，小事件叙述和私人心理描写与当时德国的大时代背景之间并未建立起紧密的连接，诗歌的创作形式少有创新，诗歌构架未能摆脱传统的老旧模式。与著名作家和思想家施罗塞尔的交往拓展了歌德的视野，心情逐渐转晴的歌德开始了他人生的第二次恋爱。这一次，歌德的爱慕对象是莱比锡一家酒馆老板的女儿安尼特。根据歌德写给安尼特的情诗，诗人与安尼特的恋爱基础主要建立在物质层面的欲望上。在一首描写未来婚姻仪式的诗歌中，歌德这样描写了他们之间爱情的美好：

> 你的心跳得多么厉害；
> 你多么渴望美丽的樱唇，
> 它就要默默听你安排。
> 你急于要成其好事，
> 陪她走进洞房之中；
> 火炬在守夜者手里，
> 变得像台灯一样朦胧。
> 她那丰满的脸和胸口，
> 被你狂吻得不住起伏。
> 她的严峻化为颤抖，
> 你的大胆变成义务。

歌德与安尼特的爱情并没有维持太久，浅白的思想交流让恋爱的双方很快就彼此失去了兴趣，在安尼特的默许下，歌德于 1768 年以身体不适为由离开了莱比锡，二人之间曾经火热的恋爱就此宣告结束。

凯卿·荀科普和安尼特的出现对于歌德来说仅是一种初恋的体验。第一次爱情因为凯卿·荀科普的拒绝而停留在了友情的层面，第二次爱情因为歌德的犹豫而停留在了亲情的层面。无论是"逃跑"的过程还是"逃跑"的结果，歌德的这两次"逃跑"都应该被称为"最可被理解和原谅的'逃跑'"。凯卿·荀科普和安尼特对歌德的吸引更多是由本性所起，巨大的世界观和价值观差异在歌德与凯卿·荀科普和安尼特之间立起了不可逾越的鸿沟。歌德的"逃跑"是一种明智的妥协和理性的选择，对于分手的双方都有好处。

1770年3月，歌德第二次离开家乡，来到法国的南方城市斯特拉斯堡继续求学。在这里，弗里德莉克·布里翁闯进了歌德的生活，诗人开始了他人生的第三次恋爱。歌德被弗里德莉克·布里翁的美丽和清纯所吸引，顷刻间就坠入了爱河。随着歌德频繁到赛森海姆拜访弗里德莉克·布里翁，二人之间的恋爱很快尽人皆知，也得到了弗里德莉克·布里翁父母的祝福。但是，歌德与弗里德莉克·布里翁的恋爱并非一帆风顺。弗里德莉克·布里翁作为一名小镇神父的女儿，根本无法适应歌德所向往和追求的贵族圈交际环境，犹豫再三，当歌德的思考向理智回归后，诗人最终还是选择了从赛森海姆逃离。歌德与弗里德莉克·布里翁的交往虽然只有1年，但却给痴心的弗里德莉克·布里翁留下了永恒的记忆，歌德的"逃跑"更是给这位善良的姑娘造成了永远的伤痛。1771年8月，歌德获得了法学博士学位。在结束了斯特拉斯堡的学业之后，歌德即刻离开了那里。临行前，歌德没有到赛森海姆和弗里德莉克·布里翁当面话别。这是一次真正的"逃跑"，是歌德亏对自己良心的选择。与凯卿·荀科普的相爱是由于外界的干扰而无果而终，与安尼特的相爱是由于自己的甘愿放弃而作罢；只有这次与弗里德莉克的爱情，是歌德出于被迫而不得不选择了放弃。回到了法兰克福的歌德给弗里德莉克寄出了一封绝交信，二人的关系自此彻底终结。失去了歌德的弗里德莉克·布里翁终生未嫁，一辈子生活在对对歌德的思念与回忆中。歌德的这次"逃跑"使得歌德给世人留下了"逃跑君"的恶名，后来发生的许多针对歌德的诋毁性评价，大多都与歌德的这次"逃跑"有关。歌德嫌弃弗里德莉克·布里翁的乡下气，认为她与大城市的贵族气息格格不入，这样的思想和审美认知并非歌德的专利。人类的虚荣和务实造成了人类劣根品质的诞生，这样的例子不仅普遍存在于多个文学形象中，而且在当今现实生活中依然多有发生。有基于此，歌德的这次"逃跑"理应被称为"最应受到良心谴责的'逃跑'"。

1772年5月，歌德来到了韦茨拉尔，开始在帝国最高法院见习。在这里，歌德遇见了已经与人签订了婚约的女孩儿夏绿蒂，遂开始了他人生旅途中第一次真正意义上的第三者"插足"。夏绿蒂钦佩歌德的人品和诗歌天赋，但却并未答应歌德的爱情。无助的诗人开始选择"逃跑"，通过到外地旅行的方式打消对夏绿蒂的思念。旅行途中歌德与女作家封·拉洛塞夫人的邂逅让他有机会结识了后者的女儿玛克西米莉安娜。两年之后，玛克西米莉安娜嫁给了大她20岁的布伦塔诺。基于之前的相识和友情，歌德开始频繁与玛克西米莉安娜约会。最终，二人朦胧的好感由于布伦塔诺给歌德下了逐客令而不了了之。受两次插足别人婚姻关系的影响，加上歌德的一位朋友在耶路撒冷因为喜欢上一位有夫之妇而开枪自杀，歌德开始全面思考爱情、婚姻、个性、道德等所蕴含的内容以及它们之间的关系，最终完成了著名小说《少年维特之烦恼》的创作。《少年维特之烦恼》不仅宣告了德国旧时代文学的终结，而且给歌德带来了巨大的世界声誉。抛开歌德在夏绿蒂跟前的主动"逃跑"和在玛克西米莉安娜跟前的被动"逃跑"的道德问题不谈，单就这两次"逃跑"所产生的文学成就来看，它们无疑称得上是一场 "最有价值的'逃跑'"。《少年维特之烦恼》虽然给歌德带来了巨大声誉，但却也使他和夏绿蒂夫妇的友谊走到了尽头。夏绿蒂夫妇认为歌德不该把与他们有关的隐私公之于众，使他们的声誉受到影响，为此，他们选择与歌德绝交。1775年1月，26岁的歌德与银行家的女儿伊丽莎白·薛涅曼相恋并且签订了婚约。歌德与伊丽莎白·薛涅曼分手的原因从诗歌《给白琳德》即可得出：

为什么你强让我去＼那豪华之所？

好青年在寂寞深宵＼难道不幸福？

密闭自己于斗室，静卧于床，

月光，这战栗的幽辉，

照耀着我，拥我进入梦乡。

我梦见纯洁的欢喜，幸福的良时，

总有你可爱的清姿，深印在我心里。

如今，那春花烂漫的原野，

我不再迷恋，

天使，只要你出现，就有爱、

亲切和自然。

白琳德即为伊丽莎白·薛涅曼。在歌德时代，白琳德是欧洲浪漫诗人对心上人的统称。虽然深爱着伊丽莎白·薛涅曼，歌德最终却因为二人人生追求的不同而选择了分手。为了避免彼此的尴尬，歌德选择分手的方式依然是外出旅行。伊丽莎白·薛涅曼与歌德分手后不久即嫁给了一位富商，在自己的圈子里找到了她所看重和追求的人生价值与尊严，歌德与伊丽莎白·薛涅曼分手后来到了魏玛公国任职，不仅寻找到了新的情感寄托，而且开启了自己全新的文学家和政治家并举的全新生活模式。伊丽莎白·薛涅曼和歌德的重生充分证明，歌德的这次"逃跑"堪称"最为明智的'逃跑'"。作为生活在两个世界的人，歌德与伊丽莎白·薛涅曼根本无缘成为夫妻。

1775 年 11 月，魏玛大公卡尔·奥古斯特邀请歌德到魏玛从政，年仅 26 岁的歌德由此踏上仕途。1776 年，在魏玛，歌德爱上了男爵夫人夏洛蒂·封·斯坦因。夏洛蒂对歌德具有广泛而深远的影响，在政治上，她帮助歌德顺利进入了魏玛公国的贵族交际圈，在文学上，她帮助歌德实现了由激情抒怀到理性阐释创作模式的转变。歌德迷恋夏洛蒂的优雅气质与漂亮外表，一生共写下了 40 余首与夏洛蒂有关的热情奔放的诗歌。从歌德 1776 年对夏洛蒂产生好感开始，到 1785 歌德对夏洛蒂彻底产生厌倦结束，两人的暧昧关系断续维系了 10 个年头。我们认为，歌德与夏洛蒂爱情关系走向冷淡与分裂的原因与夏洛蒂对歌德的严格控制有关。与夏洛蒂相识之初，歌德满足甚至享受夏洛蒂给予他的各种帮助与照顾，但是，随着自己羽翼的不断丰满，歌德越来越难以忍受比他大整整 7 岁的夏洛蒂的关心与爱，开始寻找各种理由进行躲避。为了摆脱所谓的夏洛蒂的纠缠，歌德选择到意大利旅行。歌德的这次意大利之行整整进行了 2 年，在这 2 年当中，歌德断绝了跟外界的大部分联系，仿佛从这个世界上销声匿迹一般。歌德的意大利之行史称"歌德潜逃意大利"，长期以来，学界研究的重点是这次"逃跑"所产生的经典散文《意大利游记》，而对于歌德"逃跑"的原因却总是语焉不详。正是在这次所谓的目的是为摆脱情感纠葛的旅行中，歌德结识了另外的女友并且与之打得火热。之后，回到魏玛公国的歌德结识了自己未来的妻子克里斯蒂阿涅，经过匆匆的交往，歌德选择与其同居，并在之后补办了法律意义上的婚礼。撇开歌德与克里斯蒂阿涅的婚姻关系不说，单就歌德为摆脱夏洛蒂而采用的"逃跑"行为，歌德的"潜逃意大利"堪称歌德恋爱史上最伪善的"逃跑"。

19 世纪 20 年代，歌德因为身体原因几乎每年都要去波希米亚的卡尔斯巴德和玛丽恩巴德旅行和疗养。在玛丽恩巴德疗养之时，歌德寄宿在阿玛丽·莱佛佐太太家中。房东太太的大女儿乌尔丽克经常陪歌德散步，时间既久，爱的激情开始在歌德心中荡漾，继而到了不可遏止的程度。1823 年 7 月，歌德委托魏玛公国的卡尔·奥古斯特公爵代自己向乌尔丽克求婚，结果得到的仅是阿玛丽·莱佛佐太太的敷衍和委婉拒绝。8 月，歌德尾随阿玛丽·莱佛佐太太一家来到卡尔斯巴德，9 月，依然看不到任何希望的歌德在绝望中选择离开。在回玛丽恩巴德的路上，歌德毅然选择斩断情丝，决定从对乌尔丽克的思念中走出。歌德向乌尔丽克的求婚和选择离开，既表现出了歌德的激情，也反映出了歌德的理智。对于自己一生最后一次的爱情和爱情"逃跑"，歌德在《玛丽恩巴德悲歌》一诗中做了详细的描述：

> 如今，花儿还无意绽开，
> 　再相逢，又有何可以期待？
> 　　……
>
> 回到内心深处去吧！那里你会得到更多的发现，
> 　她会在心里变幻出无穷的姿态：
> 　　……
>
> 如今我已经远离！眼前的时刻，
> 　我不知道该如何安排？
> 她给我了某些享受美的财产，
> 　但只能成为我的负担，我必须将它抛开。

这首被称为歌德"内心日记"的诗歌被称为歌德晚年最伟大的作品。100

年后，著名作家和评论家茨威格这样说道，《玛丽恩巴德悲歌》不仅是歌德"激情达到最高峰的产物"和歌德最"高尚的自我克制"，而且"是他（歌德）枝繁叶茂，簌簌作响的生命之树上最鲜丽的一片叶子"。完成《玛丽恩巴德悲歌》之后，歌德摆脱了失恋和求婚失败的痛苦，将全部精力转向剧本《葛兹·冯·贝利欣根》和《浮士德》第二部的创作，为人类留下了宝贵的文化遗产。对于歌德和乌尔丽克的感情纠葛，历来的评论虽然都是仁者见仁智者见智，但对于歌德最后选择的"逃跑"，人们却皆持赞赏的态度。整体而论，不仅是歌德与乌尔丽克的年龄差距让人们不看好歌德的这段黄昏恋，复杂的社会关系和歌德以往的情感经历也是引起众人反感的原因。但是，单就歌德处理这件事情的态度和方式，至今看来也并无不妥之处。歌德的"逃跑"保全了乌尔丽克的声誉，也为自己的文学生涯画上了最为圆满的句号。从这一角度看，歌德的这次"逃跑"最值得称赞与肯定。

17. 诗歌《对月》中的激情表白与理性控制

　　1777 年夏天，歌德创作诗歌《对月》。此时的歌德正身陷恋爱的漩涡，疯狂追求着有夫之妇夏洛蒂。基于这样的创作背景，学界认定《对月》是歌德献给夏洛蒂的情诗。夏洛蒂是魏玛公国的女官，丈夫是一名男爵。歌德痴迷夏洛蒂的才情与美貌，不顾世俗道德的束缚，初到魏玛任职便对夏洛蒂展开了疯狂的爱情进攻。夏洛蒂钦佩和赞赏歌德的名气与才情，但对于后者的情感纠缠却佯装不知。即使是在丈夫那里得不到温暖与呵护，作为有夫之妇的夏洛蒂也仅仅是在与歌德相识 6 年之后才接受了诗人的情感追求。虽然包含着诗人炽热的情感，但在歌德诗歌创作风格与习惯的作用下，再加需要考虑夏洛蒂复杂与矛盾的心境，《对月》中赤裸的情感表白多通过象征与隐喻的手段实现。在激情与理性的双重轨道上，《对月》吟唱出了一首美轮美奂的爱情之歌：

　　　　你又悄悄地泻下幽辉，满布山谷和丛林，
　　　　　我整个的心灵又一次把烦恼消除净尽。
　　　　你温柔地送来秋波，普照着我的园林，
　　　　　像知友的和谐的眼光，注望着我的命运。

　　年长歌德 7 岁的夏洛蒂的关心与帮助对于歌德来说就像皎洁的月亮，它泻下的幽辉虽然满布山谷和丛林，让诗人的心灵把一切烦恼消除净尽，但却无声无息，毫不张扬，犹如一个美丽的处子。"像知友的和谐的眼光，注视着我的命运"并非歌德随意出口的赞美，它富含诗人真实的情感与真诚的谢意。对于歌德的爱情选择与事业选择，当时诗人周围的朋友和亲人都不理解。歌德数次对婚姻和爱情的躲避让人们对歌德的道德观产生怀疑，而诗人到魏玛公国从政的决定，却又让视文学为精神和灵魂净土的文人墨客嗤之以鼻。歌德称夏洛蒂为自己的知友，说她以和谐的眼光注视着自己的命运，这里面包含着歌德深深的感动与巨大的谢意。从表面看，歌德此前的文学创作过程顺风顺水，但实际上，歌德此刻却经历着最严峻的考验。《少年维特之烦恼》和德国"狂飙突进运动"在带给歌德巨大文学声誉的同时却也带给了他诸多烦恼。夏洛蒂对文学理性的思考与见解给歌德带来了极大的启发，使他顺利实现了由一个浪漫的富有激情的诗人向一个现实的富有理性的思想家的过渡，最终成长成为德国古典文学的一面旗帜。

歌德对夏洛蒂的表白并不仅限于后者在思想上、政治上和文学上对他的帮助。实际上，歌德最终还是将对夏洛蒂的赞美落脚到了基于两性倾慕的情感表白上。不仅"你温柔的秋波，普照着我的园林"句是歌德爱情情感的直白表露，就连诗人所说的政治、文学和生活上的帮助，实际也都富含爱情的元素与符号。在歌德的《对月》中，被夏洛蒂注视着的"我的命运"就是"我整个的心灵"，它们在遇见夏洛蒂之前一直都被各种烦恼包裹和缠绕。作为魏玛公国的女官和一名已婚女性，夏洛蒂的性格与行为皆为安宁与静谧。歌德将夏洛蒂比喻成月光，瞬间让一位高贵典雅的贵妇人形象建立起来。在从与另一位有夫之妇夏绿蒂和富家小姐伊丽莎白·薛涅曼的狂风暴雨般的爱情经历中逃脱之后，歌德亟需一处平静的港湾疗伤。夏洛蒂的月光一样的情感与行为既是歌德对心中恋人的如实描述，也是诗人下意识心理需求与渴望的正常反映。

来魏玛公国任职之前，歌德经历了多次的情感打击。频繁的恋爱失败让诗人心灰意冷，逐渐对一切事情都失去了兴趣。为了忘掉失恋的痛苦，歌德长时间在外地旅行，以这种在当时极为流行的苦行僧生活方式折磨自己的身体和惩罚自己的灵魂。在诗歌《猎人的晚歌》中，歌德形象描述了自己失恋后的状况："他在世界各处飘荡，满怀悒郁和不快，他漫游过东方西方，只因要跟你分开。"

《对月》的地标特征明显，客观对象都是山谷幽林中的实际景物。在歌德笔下，山谷幽林既是恐怖与凶险的象征，也代表远离人世纷扰的世外桃源。对"尘寰浊世"，诗人永怀"憎恨之念"，只有在那"心曲的迷宫里漫游"，才能体会到无边的幸福：

在我的胸中还留着哀乐年华的余响，

　如今我只是影只形单，在忧与喜中彷徨。

流吧，流吧，可爱的溪水！我不会再有欢欣，

　那些戏谑、亲吻和真情，都已经无影无踪。

　可是我也曾一度占有十分珍贵的至宝！

　我永远不能把它忘记，这真是一种烦恼！

溪水啊，莫停留，莫休止，沿着山谷流去吧，

　合着我的歌曲的调子，淙淙潺潺地流吧，

　不论是在冬夜，当你泛起怒潮的时候，

　或者绕着芳春的嫩草湍湍流动的时候。

谁能放弃了憎恨之念，躲避开尘寰浊世，

　怀里拥抱着一位挚友，同享着人所不知、

　人所梦想不到的乐趣，就在这样的夜间，

　在心曲的迷宫里漫游，那真是幸福无边。

　　歌德之所以对幽谷密林情有独钟，仅是因为诗人将其看成了躲避风浪的港湾。风浪象征事业和爱情的不顺，里面包含有歌德关于人生思考的所有困惑与不解。作为歌德抒情诗中的常客，幽谷密林再次成为《对月》中的主角儿。所不同的是，在以往歌德的抒情诗中，幽谷密林多是凶险的象征，对抒情主人公总是瞪着不怀好意的眼睛。在《对月》中，幽谷密林虽然也藏有这样的意思，但在总体上露出的却仅是善意的笑容。之所以会发生这样的改变，主要是因为在歌德的胸中已经有一个美人进驻，虽然在此时此刻她已经暂时离去，但在诗人的"胸中还留着哀乐年华的余响"。我们尽可以将歌德在这里所说的"余响"理解为上一段爱情的遗留，但是我们却很难设想在缺少了夏洛蒂的爱情之后歌德依然能够表现得如此豁达与开朗。"残留"如果没有彻底消失，诗人无论如何难以说出自己如今是在"忧与喜中彷徨"，而诗歌在之后表现出的所有的喜悦与幸福之情，也都会成了无源之水。幽谷密林具有和人一样的灵性。《无休止的爱》这样写道："我应当逃避？逃往森林里？"在《冬游哈尔茨山》中歌

德认为，当命运之线被命运女神剪断之后，受惊的野鹿也会"挤进恐怖的丛林中"。而在《欢会和别离》中，诗人则赋予了幽谷密林更加复杂的象征意义："黄昏已摇得大地睡下，群山全都挂起了夜幕。橡树已经披上了雾衣，仿佛从岿然屹立的巨人，黑暗从灌木林中窥视，张着无数黑色的眼睛。"

《对月》被称为世界上"最美的月光诗"，舒伯特、隆贝尔克等著名音乐家都曾为其谱曲。公认的研究成果表明，自然景色与主观情感的完美融合是《对月》艺术魅力形成并产生影响的关键因素。其实，《对月》的主观情感既指歌德对夏洛蒂的爱，也指诗人对美丽大自然怀有的深情。认为《对月》的主观情感仅指歌德的爱情难以解释诗歌在景色描写上的全部成功。换而言之，《对月》的主题思想和情感表现超出了一般象征诗的范畴及能力，在很多时候，《对月》的情感倾诉对象就是大自然本身。这种情况下，《对月》的象征意义被淡化，整首诗歌留给人们的想象空间中只有月光下的美景存在。

理性思想主要通过自然景色的客观描写实现，主观情感主要通过抒情主人公的感慨与抒怀实现。但是，《对月》中固定的创作模式并没有在客观和主观情感描述之间形成不可逾越的障碍，通过歌德的艺术操作，二者之间反而形成了情景交融的默契与呼应。由诗歌的主题思想、框架结构和创作方法可以得知，《对月》的默契与呼应主要通过两种途径加以实现。第一种是主、客观描写与叙述之间的直接对接。相对而言，这是一种传统的方法，在歌德之前和之后的诗歌创作中被广泛使用。第二种是将主、客观描写与叙述之间的阻隔直接打破，追求一种"你中有我我中有你"的高级融合模式。这样的方法看似简单，但却需要高超的创作技巧才能把控。不能认定歌德在实现主、客观高级融合的诗歌创作技巧上已经得心应手，但是，单就《对月》这首诗歌所取得的艺术成就来论，歌德在《对月》中无疑表现出了超乎前辈和后来者的卓越才能。在歌德的笔下，《对月》中所有的自然景色皆经过了抒情主人公的思想和情感过滤，通通都被打上了作者的标签和烙印。凭借着未加掩饰的真情实感，歌德对夏洛蒂和自然怀有的深情才得以完美诠释。《对月》阐释的快乐并非简单的快乐，通过对自然之爱和爱情描写的升华，歌德赋予了快乐更加复杂的内涵。在《对月》中，快乐的背景是忧愁和哀伤，即使是在目睹着可爱的小溪的流动，抒情主人公依然会发出激情和幸福感都已不再的叹息。但是，歌德的叹息却不是因痛苦的绝望而起，歌德叹息的主旋律是快乐和幸福。正如诗歌所言："流吧，可爱的小溪！我永无欢欣，嬉戏、亲吻都已消逝，更何况真情。"看到溪水奔流，诗人的心中充满了伤感。他觉得，属于自己的欢欣——嬉戏、亲吻都已消逝，至于那人世间最美好的真情，更是与自己了无缘分。在这种颓废心情的支配下，诗人忍不住想随波逐流，听凭周围环境决定自己的命运："但我曾一度占有，可贵的至宝！永不能置之脑后，这真是烦恼！"在决定放纵自己的意志和情感的时候，诗人忍不住回忆起了它们的美好。诗人无可奈何地表示，虽然他有向周围环境屈服的心，但要真正实施起来，却也并非那么容易。因为，那给自己留下至深印象的"可贵的至宝"，永远也不可能被"置之脑后"。从理性的角度分析，以上两段诗歌所阐释的思想与道理互相矛盾。我们无法想象，一个现在连真情都不再想要拥有的人会无法忘却那曾经存在的什么"至宝"。但是，诗歌不是科学，用观察和研究科学的方法无法实现对诗歌本质特征的揭示。在《对月》中，矛盾的纠结和出尔反尔的情绪恰是作者思想与情感的真实表达。文学的艺术魅力不仅不会因之受损，而且还会因之无限放大。凭借着看似荒诞的思想阐释与情感释放，歌德将对月光的倾诉自然转向了对溪水的抒情。流动的小溪让诗人的思绪上下翻飞，一会儿在月光中停留，一会儿在夏洛蒂的身上停留，组成了一道流动的美景。恍惚之间，那属于过去的"嬉戏""亲吻""真情"现如今都已被诗人深埋在了心底，不是不想忘却，而是不能忘却。诗人因为无法忘却过去的记忆而倍感苦恼，这样的表达并不矫情和虚伪。通过这样的方式，诗人巧妙地向夏洛蒂表露了心迹，同时又没有失掉自己的面子。诗人在这里一再表示要忘却过去，其根本目的自然是为了获得夏洛蒂的承认与好感。毕竟，歌德在到魏玛公国上任之前，曾经有过数次尽人皆知的爱情经历。歌德的表白显然不只是一种手段，歌德是真诚的，他向世人承认，尽管他想忘却旧情，但实际上却是很难忘却。既要进行炽热的爱情表白，又要让对方明白自己早已是心如死灰；既要声明自己早就希望忘记，又要让对方明白自己绝非薄情寡意之人，这就是歌德在《对月》中反复咏唱的主题。歌德努力证明，抒情主人公虽然备受生活与爱情的打击，不再认为爱情的游戏属于自己，但他却并没有因此变得心灰意冷和心胸狭窄。相反，抒情主人公在这里真心祝福那些有资格享受生活和爱情的人，希望他们能够按照生活的轨迹去寻找到属于自己的幸福。"合着我的歌"反映的是抒情主人公的参与意识。虽然心情颓废，但毕竟没有绝望。被周围的欢乐气氛所感染，抒情主人公不愿意再做一个生活的旁观者。在诗歌的最后，抒情主人公随着鼓点和节拍，情不自禁跳起了欢快的舞步。振作起来的抒情主人公决心去重新寻找那曾经在自己的心中美好地存在过的"至宝""嬉戏和亲吻"，他要让自己的生命之河如溪水一样欢快地流淌。重新找回生活的自信之后，抒情主人公和着小溪的节奏唱起了属于自己的歌——"我的歌"。

《对月》中勇敢的小溪既是歌德追求爱情的决心，也是对夏洛蒂发出的鼓励。歌德与夏洛蒂相识之初，他们之间的频繁往来引起了周围人的非议。为了打消夏洛蒂的顾虑，歌德在《对月》中赋予了小溪以无所畏惧的品性。诗歌末尾歌德关于幸福的解释既是对自己所说，也是对夏洛蒂所说。从诗歌的倾诉对象来看，《对月》既是献给夏洛蒂的情诗，也是献给自己的励志诗。歌德在爱情追求上表现出的勇敢性格与行为是其人生哲学与审美的典型反映。歌德文学主张上的对人性自由和个性解放描写的重视与肯定，也同样源于歌德的人生哲学与审美。长期以来，学界对歌德的人生哲学和审美研究采取的是一种分裂的态度，这样的方法对于塑造歌德伟岸的身躯与灵魂固然有益，但是，这样的方法却无法完成对歌德人品与诗品之间统一性的研究。歌德的创作实践与文学成就表明，艺术家的行为和成就之间的联系固然存在，但二者之间却并非简单的因果对应关系，另类元素也会对艺术家的行为和成就以及他们之间的联系产生改变事物性质与走向的影响。

文人骚客们希望通过爱情来实现自己对精神生活的向往。因为有了这样的下意识心理暗示，所以，在几乎所有的讴歌爱情的诗篇里，都会有一种"遁世"的心理情结存在。而每当这个时候，逃离和挣脱现实世界的束缚就会成为诗歌的主题。虽然爱情的特质也是物质的，在大多数情况下，爱情也不见得就会比尘世的其它事物纯净多少，但毕竟在这属于二人世界的情感中，至少从表面看来它们和尘世之间的距离显得最为遥远。尘世如果是一张大网，那么爱情就是能使他们挣脱开这张大网束缚的最有力的武器。即便是不能达到这样的目的，爱情也至少能使他们暂时躲避开尘世的纷争，为自己的心灵保留一方净土。"无憎地避开尘网"并不纯粹是在宣扬一种宽容之心。歌德认为，要想彻底远离尘世的喧嚣，唯有将个人的品性提升到一种无憎无恨的境地方可实现。一个人如果总耽于俗务，总是在意周围的人和事，那他就很难长出懂得欣赏"不为人所知、所重的风流"的耳朵。此处的"人"是特指那些尚且没能"无憎地躲避开尘网"的人，他们是抒情主人公的对立和反衬。在诗人看来，"长夜之游"之所以富有魅力，关键就在于他能够在"怀里拥一位知己，共同去欣赏"精神世界的美好。但是，并不是所有人都能有这样的觉悟。要想"在胸中的迷宫里／作长夜之游"，体会"那种不为人知／所重的风流"，必须在心底藏有对精神的崇拜。人的精神理想实现之日，才是其物质快乐得到之时。由以上分析可以得知，《对月》中的夏洛蒂并非生活中的夏洛蒂，她是歌德关于女性美好形象的集中反映。夏洛蒂不只是作为一般的恋人出现在歌德的生活之中，她实际上就是歌德精神世界的伴游者。歌德虽然在这个段落将笔触更多地伸向了对物欲快感的描述，但实际上，诗人所强调的内容依然是心灵的相通。

歌德和夏洛蒂的暧昧关系维持了 10 年之久，最后以诗人的逃跑和躲避宣告结束。但是，歌德与夏洛蒂的联系却没有因为爱情的消失而中断，二人之间的书信断续往来长达 52 年。1827 年，夏洛蒂索回了她所有写给歌德的信并付之一炬，给《对月》中歌德所描述和向往的神圣而美好的爱情抹上了一片浓重的疑云。

18.《冬游哈尔茨山》中的思想内涵与艺术审美

1777 年 11 月，歌德骑马独自到哈尔茨山旅行。之所以选择在这个时刻外出，歌德的本意是为摆脱两种烦恼。1775 年，歌德到魏玛公国从政。初到魏玛的歌德无法立即适应复杂的人际关系，和大多数魏玛公国的旧臣关系紧张。除此之外，歌德于 1776 年和魏玛公国的有夫之妇夏洛蒂的暧昧关系公之于众，瞬间遭到了周围人的反对和谴责。1777 年的冬天，歌德为了排遣胸中的郁闷，独自一人离开魏玛到哈尔茨山骑马旅行。哈尔茨山位于德国中部，以神性的美丽与静谧著称。歌德之后，海涅效仿歌德到这里旅游，写下了著名的游记《哈尔茨山游记》。此书在中国和世界具有重要影响，开创了游记的全新写作模式，成为海涅文学创作和德国文学发展史上的丰碑。

《冬游哈尔茨山》的主题深刻而复杂，包含着歌德的良苦用心。哈尔茨山的美景既是象征，也是喻体；与之相同，哈尔茨山的抒怀也多可显示为喻体和象征两种艺术类别。喻体和象征在《冬游哈尔茨山》中融合翻滚，犹如歌德眼中和笔下的云雾水汽，灌木丛林。神圣的感觉、通灵的思想由此产生，它们从歌德的头颅飞出，绕过群山，跃过湖泊，腾空而起与纯粹的观念在仙界和人间产生出巨大的共鸣：

> 如鹰鸷于厚重朝云之上平展羽翼寻索牺牲，
> ——翱翔吧，我的歌！神早已为人界出宿命之途，
> 幸运者循此健步如飞奔向成功；如其心胸为宿命所囿，
> 面对障碍如有铜线穿织奋发而又徒然，有朝一日必断绝于刀尺。

诗歌的前两个段落主要表述的是人类的勇敢与畏惧。勇敢存在于人类战胜

自然的决心之中，畏惧存在于人类敬畏神明的虔诚之内。鹰鹫在朝云之上平展羽翼，最终的目的却是为了寻索牺牲，人类的歌虽然嘹亮，但在歌者的内心却相信"有神早已为每个人界出宿命之途"。歌德愿意让人相信，仅是因为循着神为其界出的路线，成功者才可能获得成功。在这里，歌德既没有否定神的重要性，也没有看低人的力量。只看到歌德对人类力量的重视或者对神明的顶礼膜拜，都没有把握住本诗的关键。歌德的矛盾与纠结既是歌德真实哲学思想的自然流露，更是本诗实际创作的需要。通过这样的描写，《冬游哈尔茨山》的思想内涵得以拓展，情感空间被无限放大。在《冬游哈尔茨山》中，人类虽然能够编织自己的生活，但编织所用的丝线却掌握在神的手中。歌德让人明白，人类美好的未来单靠神的安排无法完成，在其中最不能缺少的甚至就是人的力量。在这样的大背景下，鹰虽然难逃自己的宿命，但却依然能够在崖顶翱翔。穿起的铜串虽然终究会"断绝于刀尺"，但却依然有"奋发"的时日与状态存在。

在与神灵的沟通过程中，歌德的思想和情绪起伏不定，时而激昂，时而冷淡，时而愤慨，时而沮丧，向世人展现出了极为复杂的矛盾与纠结。命运是歌德在《冬游哈尔茨山》过程中思考的一个重要问题，经过了多次的人生磨难，屡次感到生活艰辛与不易的歌德开始相信在茫茫宇宙之中确实存在有一种超越人类的力量。歌德没有把这种力量归于上帝，歌德在这里承认的仅是命运。在《冬游巴尔茨山》中，上帝和命运虽然都可左右和控制人类的精神与行为，但命运较之于上帝则显然显得更加可信和直接。循着命运之神所规定和指引的路前行，人类依旧能够发挥出自己的能量。从这一意义上讲，歌德虽然一辈子与基督教会的关系紧张，但却并非一个绝对的无神论者。所不同的是，歌德所信奉的神不是来自另一个所谓的彼岸世界，歌德信奉的神就存在于自然本身。自然之所以是这个样子而并非那个样子，并非是由人类的力量所决定和左右，自然在过去、现在和未来的状况皆由超乎人类的力量和意志决定。歌德认为，只需在自然面前言听计从，人类即可获得神的启示和知晓命运的预先安排。在诗歌的末尾，歌德虽然强调了人类意志与智慧的伟大，但人类的意志与智慧却只能在神的左右下去实现和完成。在歌德的笔下，人类意志与智慧的象征"单独者"为祥云所掩盖，人类的情感象征诗人的头发被冬青缠绕，"世上的万国与万国的荣华"都来自于神明的赠予。尽管如此，歌德在《冬游哈尔茨山》中却并没有看轻人类的力量。人类的力量虽然被神的力量所限制，但却始终焕发着勃勃生机，从未失去对自己的自信。这是歌德的风格和歌德的哲学，它贯穿在歌德作品的始终，从未间断，从未消失：

但这单独者为你祥云所掩！你诗人的湿发由冬青环绕，
　　爱啊，直至玫瑰再度含苞！由你微光的火把所指引，
　　他在夜间涉水而行，在荒凉的旷野上走过泥泞的路径；
　　以早晨的千朵彩云取悦他的胸心；以刺骨的狂风吹他入苍穹；
　　冬水自悬崖奔流——杂糅着圣歌；在恐怖的山中，
　　他找到一座欣然感恩的祭坛在雪封的山巅，
　　那是人民臆想中群魔乱舞的峰顶。你挺起深不可测的胸怀，
　　神秘而又公开，矗立在惊愕的世界面前，
自云层中俯首世上的万国与万国的荣华，你从兄弟的矿脉中予以灌溉。

　　《冬游哈尔茨山》对自然的成功赞美建立在对自然的顶礼膜拜基础之上。若干年后，里尔克从歌德的这一段落描写中获得灵感，以"矿脉"、"灌溉"等为喻体，更加深刻和形象地阐释了精神与物质世界之间的关系。

　　现实生活中的歌德每遇矛盾与冲突多会选择逃避。为此，这位伟大的诗人甚至获得了"逃跑者"或者"逃避者"的绰号。在《冬游哈尔茨山》中，歌德一方面表现出了自己的软弱，在内心甚至产生了投降的念头，一方面，歌德在本诗中也表现出了强烈的抗争意识，不愿屈从于命运的安排也是《冬游哈尔茨山》嘹亮的主旋律。歌德在诗歌中并没有将这两种互相矛盾的思想和情感截然分开，作为描写的对象，二者之间的关系在本诗中既非对立，也非水火难容。歌德的矛盾与纠结存在于所有的描写对象之上（内），你中有我我中有你，形成了一个令人眼花缭乱的美图。这个美图以一种自然美景的方式呈现在世人面前，乍看像是一幅不含任何主观愿望的客观存在。为此，我们有理由将《冬游哈尔茨山》归到风景诗的行列，对于那些存在于诗歌当中的主观情感，可以笼

统地将它们视为风景的点缀和陪衬。

本诗的主题虽然是歌颂和赞美自然之神，但主观的"我"却更是本诗的主角儿。这不仅是因为诗歌中所有的自然景色皆存在于"我"的视野之下，更因为这些自然景色都被赋予了抒情主人公浓郁的情感色彩。在《冬游哈尔茨山》中，所有的自然景色都通过抒情主人公的眼睛才得以展现，人类的意志与情感与自然景色之间达成了极大的默契。因为人的存在，《冬游哈尔茨山》中的自然景色描写才有了精神，因为人的存在，歌德的客观叙述才有了灵魂。服从与反抗、理性与激情、虔诚与怀疑等诸多矛盾最终得以汇成一股溪流，在歌德的胸中和哈尔茨山中奔腾流淌，演奏出了最动人魂魄的乐曲。循着这样的构思人们终于理解，何以在诗歌的开头会有为着寻死的翱翔的鹰，而在诗歌的末尾何以会出现有祥云相伴的孤独者的身影。

歌德本人对于《冬游哈尔茨山》的创作十分重视，在20天的旅途中，诗人创作此诗就用了10天。歌德曾经说过，他所有的诗歌皆由情而发。《冬游哈尔茨山》的创作过程也是这样。研究成果表明，还是在出发到哈尔茨山旅行之初，歌德就已经定拟好了本诗的腹稿。《冬游哈尔茨山》表面看是一首纯粹的风景诗，但实际上，根据诗歌的创作背景和其所蕴含的思想内容与情感，这首所谓的风景诗其实是一首献给夏洛蒂的情诗。按照这样的逻辑去分析歌德创作此诗的目的与过程，《冬游哈尔茨山》中所反映的矛盾的宿命论和怀疑论都能得到圆满的解释。在遭到夏洛蒂的情感拒绝后，歌德以宿命论来证实爱情发生的无奈，以怀疑论来表达他追求爱情的决心。歌德此举也是在为夏洛蒂寻找道德的支撑，毕竟，在歌德强大的爱情进攻下，夏洛蒂的犹豫不决也曾经让她备受自己良心和周围人的谴责。歌德对于自己"插足"他人的婚姻并无愧疚之感，作为德国文学"狂飙突进运动"的擎大旗者，歌德认为人性的自由与解放高于一切。在歌德的词典里，爱情自由是人性解放和人性自由的主要内容，宗教和法律意义上的婚姻不应成为人们追求甜蜜爱情的障碍。本着这样的认识，歌德创作了《少年维特之烦恼》，创作了诗歌《冬游哈尔茨山》等系列作品。歌德的文学创作和文学思想所具有的先进性带有显著的时代特征。在宗教拥有绝对控制权的德意志民族内部，人性的解放和自由是促使社会向文明进步的必由之路。除此之外，夏洛蒂和丈夫之间长期的冷漠关系也是歌德为自己插足他人婚姻寻找到的主要借口。《冬游哈尔茨山》中的孤独者既是歌德本人，也暗指夏洛蒂。夏洛蒂的孤独除了上文提到的爱情因素，还和人品有关。初到魏玛公国的歌德将周围的所有人视为敌人和庸俗者，只有灵魂傲然挺立的夏洛蒂才是这群人中的另类，与心高气傲的他有着共同的语言与精神追求。在诗歌的中间段落，歌德通过象征手法刻意描绘周围人的庸俗丑行与丑态，通过对比的方法去突出诗歌中歌者的高贵人品，并借此描绘出了自己渴望在魏玛和德意志实现的理想国。歌德的理想国虽然没有系统的理论支撑，但其拒绝庸俗与虚伪的主张却清晰可见，耀人眼目：

　　横穿阴郁的灌木拥走着野鹿；而伴着麻雀富人们久已沉浸于渊薮。
　　其骖靡由幸运所驭而安乐亦接踵相随，正如王子的车队有奴仆紧追。
　　何人遥立于斯？他在林中迷路；灌木骤然聚拢，荒凉将他吞噬。
　　　唉，谁将治愈他的悲戚？香膏于他已是鸩毒；
　　　　由爱的丰盈之中他只将厌世吸出！
先被轻视，现在是轻视者，他在蒙昧中，由一己之私将少年意气枉自荒芜。
　　如果在你的竖琴上，爱之主宰啊，有一个声音能取悦他的耳膜，
　　　　请马上鼓舞他的胸襟！
　　使他云翳的双眼清明：在沙漠中，实有千道清流在向焦渴者的临近。
　　你为每个人带来了满溢的欢忻，保佑那猎者的子裔搜寻野兽的踪迹，
带着嗜血之渴血气方刚地复亡羊之仇——多年来农人用棍棒徒然地抵抗。

　　若干年后，歌德的崇拜者和继承者里尔克也在歌德的《冬游哈尔茨山》中寻找到了诗歌创作的灵感。在著名的《致俄尔普斯十四行体组诗》中，里尔克将灌木、香膏、矿脉、竖琴、爱之主宰、人类的耳膜、清流、野兽的踪迹等引入自己的组诗，不仅继承了歌德关于庸俗与高洁的思想认识，而且将之提升到了一个崭新的哲学高度。里尔克对歌德《冬游哈尔茨山》的学习与继承间接说明了歌德创作本诗的初衷。在这首《冬游哈尔茨山》中，歌德除了表达自己的

宿命观和追求爱情的决心，还将自己所有的愤怒与仇恨投向了庸俗之人和庸俗之事。歌德的视野并没有停留在对庸俗的批判上，通过更加冷峻而客观的描写，诗人想寻找到庸俗产生与存在的历史原因与社会原因。歌德甚至试图在人性上寻找问题的答案，但是，囿于主客观条件，歌德显然没能在这方面取得明显进展。命运之神力量巨大，他能够使庸俗成为社会的常态，使英雄成为众人攻击并杀死的目标。尽管如此，英雄的失败却不是事物发展的最终结局。那"遥立于斯"的林中迷路者并非仅能使"少年意气枉自荒芜"，他还能在"爱之主宰"的竖琴上取悦神的耳膜。在人类的自我努力下，"爱之主宰"能够鼓舞颓废者的胸襟，"使他云翳的双眼清明"。

《冬游哈尔茨山》气势宏大，在对神表达敬畏之心时，却也赋予了人类足够的自信与力量。展翅飞翔的寻找死亡的鹰鸷巧妙地将人类的自卑与自傲连接在一起，没有希望的歌响彻在寰宇大地。无论是在精神层面还是在物质层面，鹰鸷和歌都在诉说着诗人的矛盾与纠结。丰富的想象力和夸张的景物描写使得《冬游哈尔茨山》极具艺术感染力，阅读者瞬间即被诗歌的气势征服，开始与抒情主人公一起感受和体验歌德的思想与情感。《冬游哈尔茨山》的艺术感染力主要来自于人类对宗教和自然的崇拜之心，这样的创作视角虽不新颖，但却被歌德在《冬游哈尔茨山》中做了更新。人类对自然的敬畏得到了强调，顺理成章成为了与纯粹宗教信仰分庭抗礼的资源。将造物和造物者截然分开，歌德由此建立起了属于自己的文学观和审美观。

歌德写诗讲究有感而发。但是，作者在创作这首《冬游哈尔茨山》的时候，遵行的却是"主题先行"原则。他提前在心中拟定了写作计划，游哈尔茨山只是为了寻找合适的宣泄渠道。歌德有太多的话想要倾诉，在哈尔茨山的山顶与峡谷中，他一边欣赏周围的景色，一边敞开自己的心扉与大自然进行推心置腹的交流。看到高山的险峻，他感叹，看到天空的白云，他赞叹。在大自然的怀抱里，诗人无拘无束，像一个不谙世事的孩童，任由自己的思想在自由的天空下纵横驰骋，对于周围形式的险峻，全无半点防范之心。

哈尔茨山的美景让歌德感觉到了灵魂的自由和精神的愉悦，正因如此，他的诗歌才能像鹰鸷一样在天空中自由翱翔。但是，歌德并不是一个纯粹的理想主义者。在和大自然的对话中，歌德对于尘世的喧嚣并非视而不见。"沉重的朝云"代表敌对势力，暗示诗人的理想生活不可能顺风顺水地实现。虽然看到了前进路上的阻碍，歌德却并没有因此停下前行的脚步，诗人的犹豫仅仅体现在他强调要注意命运的安排。注意命运的安排并非是在向命运臣服，换一个角度看问题，歌德此举是在提醒人们用更叫高效的方式前行。不论《冬游哈尔茨山》如何强调神明的力量，人类都始终有着极强的存在感。作为一个歌者，歌德在《冬游哈尔茨山》中能够做到的就是把自己装扮成一个浪漫的现实主义者，只将自己的热情和化作诗，化为歌，对着大自然倾诉。在承认命运力量的前提条件下，抒情主人公的心情虽然急迫得犹如鹰鸷扑向猎物，但诗歌叙述的语气却依然大气和豪迈，并无半点急躁和浮躁之风。诗歌的宿命观点主要表现在对已知人生过程的承认上。歌德认为，人类只有循着神为其指明和划定的路线前进，才能成为人生的幸运儿，否则就会被命运捉弄。所谓的人类的奋斗与成功，都仅仅是在在按照神明的意志行事。将人类的能力凌驾于神明之上之后的人类的成功，对于人类来说都是一种错觉。幸运者的任务仅是找寻神明为自己预先设计好的线路和目标，对于他们来说，寻找和循着这一线路和目标前行的过程就是发挥人的主观能动性的唯一机遇。人类一旦越过这一限制，他的心就会"被不幸揪紧"，最终的结果就一定会是失败。歌德的观点既强调了规律的力量，同时也没有全盘否定人类的奋斗价值。但是，作为一个"泛神论"者，歌德的观点带有明显的唯心主义色彩。在《冬游哈尔茨山》中，人类的力量虽然得到了强调，但在这人类力量的背后却一直有一双"神手"存在。这双神手掌控着人类的命运，让人类始终生活在它的阴影之下。承认自然的超自然力并且在其面前顶礼膜拜，这样的创作思想和模式在歌德的作品中屡见不鲜。《游哈尔茨山》的新奇之处在于诗人将遵照神明意愿前行的人比喻为"幸运者"，将不遵照神明意愿前行的人看成是"心儿被不幸揪紧的人"。这样的描写更加强调了主观与客观之间的对立统一关系，试图将二者看成是一个囫囵的整体。在"泛神论"观点的框架之下，歌德的设想不可能实现，但是，因为有着这样的设想，歌德的《冬游哈尔茨山》却获得了极大的文学张力，成为了诗人诗歌作品中的精品。

诗人断言，只有幸运者可以快步奔到可喜的目的地，而对于不幸者，他所有的反抗都将只会是"徒然"，不可能有好的结果。由过去的对神明的情绪化喜欢发展到现在的理性化承认，歌德的思想开始渗透进越来越多的现实成分。"……残酷的剪刀一朝将它剪断"：根据希腊神话，在天庭之中共有三位掌管人类命运的女神，一位负责产生生命线，一位负责决定生命线的长短，一位负责剪断生命线。歌德认为，那反抗神明权威的人的生命线最终将会被负责剪断生命线的女神无情地剪断。和创作《普罗米修斯》时激情满怀的歌德相比，创作《游哈尔茨山》的歌德显得更加理性。这是一种经历了生活的磨炼之后才会有的成熟，这样的成熟对于曾经高擎"狂飙突进运动"大旗的歌德尤为重要。之所以会产生这样的结果，归根结底还是因为诗人在这里看到了命运之神的力量。人类力量的局限性不仅表现在神的意志之下，而且体现在对庸俗的妥协之中。但是，对俗世生活的理性思考不是对庸俗的歌颂，而是对庸俗巨大力量的无可奈何的承认。

在《冬游哈尔茨山》中，抒情主人公作为庸俗的对立，它的存在仅仅是一个孤影，并无一个伴侣。在歌德笔下，野鹿之所以会"挤进恐怖的丛林"，主要是因为那里是大多数野鹿的栖息地。基于同样的理由，富人和麻雀之所以愿意"沉浸在泥沼里"，也是因为沼泽地里已经聚集了大量的富人和麻雀。歌德尽管将野鹿和麻雀以及富人作为同一类喻体，但却并没有将其等同看待。麻雀、富人和野鹿的不同之处在于，野鹿在丛林中因为感觉到了恐怖而产生了抗拒与逃离之心，而麻雀和富人却是在沼泽中寻找到了满足和幸福。在歌德看来，野鹿被迫走进的丛林令人恐怖，富人和麻雀深陷其中的沼泽却让人类的精神麻木，意志消沉。《冬游哈尔茨山》的双重含义蕴含在诗歌的两种语言模式中，第一种是生活语言，第二种是带有宗教色彩的精神语言。诗人强调，迷失者的处境十分危险，对于他们来说，不仅前方的路被灌木和野草掩盖，就连那身后的路也会在这些人刚刚走过之后就被灌木和野草吞没，周围环境所形成的寂寥能将所有的生命置于死地。种种迹象表明，歌德虽然号称为自然之子，但对于那茂密的丛林和灌木却并无好感。歌德一贯将丛林和灌木看成是窥视自己的不怀好意的眼睛。在《冬游哈尔茨山》中，歌德两次将命运多舛者与丛林的恐怖和残酷结合起来描写，这反映了作者比较固定的比喻模式、思维习惯和审美情趣。在当时人类控制自然和改造自然的能力还十分低下的 18 世纪，丛林作为一个还没有被人所认知的客体，在歌德眼中蕴涵着太多的秘密和巨大的危险。美感的产生须以人类力量的显现为前提，只有掌握了自然的规律，人类才能在自然身上发现美和欣赏美。对于那些尚且无法控制和利用的对象，人类能够产生的情绪大多是畏惧和崇拜。毕竟，人的力量在雄伟壮丽的大自然面前显得是那样微不足道。在《冬游哈尔茨山》中，歌德以自然为衬托，形象而完美地阐释了人类的力量和懦弱以及它们和神明之间的复杂关系。孤独者的孤独主要形成和存在于人的内心。虽然在主观上是由于孤独者本人没有按照神明为他拟定的路线前行才误入了歧途，但在客观上，灌木和野草的落井下石和助纣为虐也是一个不容忽视的因素。在真正的内心平静来临之前，孤独者对人生所抱的种种希望并没有完全丧失。所以，当爱情之父用长春藤盘绕住孤独者的湿发之后，孤独者就能走出孤独的迷阵，在美丽的蔷薇花前恢复爱的激情和生活的信心。诗中的长春藤和蔷薇象征着爱情和友情，在文学作品中常作为诗人的花冠出现。

　　《冬游哈尔茨山》中的抒情主人公既是命运的弃儿，也是神所眷顾的对象。弃儿相对庸俗的人生而存在，神所眷顾的对象相对纯粹的精神世界而生长。本诗的抒情主人公面就是那个"心儿被不幸揪紧的人"，他在人生的探索之路上频受打击，常认为孤独的自己已深陷在茂密的丛林中不能挣脱。但是，《冬游哈尔茨山》的基本格调并不是颓废和绝望。歌德虽然强调天命不可违，但却并没有把人类的未来完全交予命运安排。歌德眼中的命运与宗教所说的彼岸世界的命运具有本质的区别。歌德的神存在于自然之中，人类虽然无力抵抗，但却能与其合而为一。歌德认为，人类的奋斗能以不违拗神的意志为前提，人类的奋斗归根结底就是神的意志力的构成部分。已经发生的一切和将要发生的人类实践活动，相对来说都是命运的安排。

　　抒情主人公对俗世生活的抱怨源自对精神生活的渴望。游走在冬季的哈尔茨山中，歌德的内心充满凄凉。此时的诗人是孤独的诗人和绝望的诗人，感觉自己随时有遁入黑暗被丛林和灌木吞噬的危险。绝望中的歌者开始向命运祈祷，希望能循着神所规定的路线走出迷茫，重获生活的目标和信心。哈尔茨山中的一切都充满着灵性，白雪皑皑的高山和潺潺的溪水，无不带有神的暗语。"请用朦胧的火炬，照耀着他，在浅滩上夜行，走过荒野里的，泥泞的道路；请用光彩的晨光，照得他心儿开朗；请用刺人的狂风，把他高高地举起……"抒情主人公渴望被拯救的心迹在这样的诗句中一览无余。

在当时世人的眼中，哈尔茨山充满未知和不解，它丰富的矿藏和与神话故事相关的种种传说使其具有了神性的光芒。歌德选择在寂静的冬季到这里狩猎旅行，目的就是要在神的面前为他在魏玛公国所遭遇的种种困境寻找出路。屈从与屈服的心理在诗歌中表现为对神的崇拜与赞美，抗拒与抗衡的心理在诗歌中表现为对人类力量的肯定与颂扬。歌德的一生虽然追求明确，目标坚定，但是，在歌德的诗歌作品中却常常有各种各样的矛盾与纠结存在。具体到《冬游哈尔茨山》这部作品，歌德的矛盾和纠结就是神力与人力的平衡与失衡。哈尔茨山作为神的居所，它不仅人迹罕至，而且能给人与神之间的交通带来诸多便利。哈尔茨山不仅神秘，而且高贵。作为众神经常光顾的地方，哈尔茨山令人心驰神往。哈尔茨山的高贵体现在它自古就有的美丽上，作为爱情的象征，哈尔茨山高高在上，素以"高临"的态度观察人生。人类以"惊愕"的眼睛"从云端里眺望世上的万国和万国的荣华"，努力使自己纯洁美好的心灵和身体不被玷污。

19. 关于死亡的思考：诗歌《浪游者的夜歌》赏析

歌德关于死亡的思考主要反映在他的系列哲学和文艺学著作中，诗歌《浪游者的夜歌》涉及的仅是事物的一个方面或者侧面。由于文艺作品自身的规律，《浪游者的夜歌》关于死亡的思考极具特色，揭示的内容和歌德系列哲学和文艺学所揭示的内容相比极为生动鲜活。按照诗歌原文的意思，《浪游者的夜歌》中的"安息"并非死亡，它的直译应该是恢复内心的平静。本诗所涉及的死亡话题虽由演绎和推导而出，但却具有充足的证据。

《浪游者的夜歌》创作于1776年，此时的歌德作为魏玛公国的肱股之臣，在仕途上顺风顺水，在爱情上心满意足。诗人之所以能够写出令人唏嘘的思考死亡的诗歌，和其创作此诗的情景以及诗人独特的预知能力有关。

《浪游者的夜歌》是歌德在魏玛公国北部的埃忒尔斯山上所作，当时被诗人题写在山顶一个木屋的墙壁上。本诗完成之后，歌德还曾经两次故地重游。1813年，歌德在吉息尔汉山的山顶重读此诗后，当即命人拿来笔墨，自己亲手细心将已经开始变得模糊的字迹描写清楚。1831年8月，歌德再游埃忒尔斯山，已至耄耋之年的诗人重读此诗后老泪纵横，嘴里不停嘟囔着"稍待你也安息"，直到下山都没有停嘴。歌德的呓语最终成了谶语，次年3月，歌德在家中嗑然长逝，享年83岁。

《浪游者的夜歌》反映出了歌德超然的对待死亡的态度。难能可贵的是，歌德虽然知道死亡是世间万物的归宿，但却并没有因此表现出颓废和悲观的思想与情绪。透过诗歌所描述的自然景物，诗人抒发的情感始终带有极大和极强的爱。著名诗人海涅深谙歌德的情怀，对于《浪游者的夜歌》，他做了这样的评价：它"有一种不可思议的、无法言传的魔力。那和谐的诗句象一个温柔的情人一样缠住你的心，用它的思想吻你，用它的词句拥抱你。"海涅所说的"不可思议的、无法言传的魔力"，其核心内容就是歌德对人世怀有的深爱。

《浪游者的夜歌》并非一首简单的颂扬和赞美自然和人生的诗。如果说歌德对人世的爱与留恋是本诗成功的关键，那么诗人所描述的关于死亡的思考则是本诗成功的基础。正是依靠着歌德关于生命价值与意义的深刻思考，诗歌所提及的自然景色才有了独特的艺术魅力，《浪游者的夜歌》也才获得了巨大的表现空间和内涵。

《浪游者的夜歌》选取了一个极为独特的视角去揭示生活内容与价值的两个方面。对于自然景物和尘世生活来说，死亡是一个观察和认知的视角。对于死亡来说，自然景物和尘世生活也是一个观察和认知的视角。两个视角和两个事物彼此映照，共同形成了海涅所说的"不可思议的、无法言传的魔力"。

> 群峰一片，沉寂。
> 树梢微风，敛迹。
> 林中栖鸟，缄默。
> 稍待你也，安息。

诗中的自然景色有动有静，而"动"却是本诗自成一体的关键。群峰的"一片"、树梢的"微风"和林中的"栖鸟"自然包含有无限的动感，除此之外，"沉寂"、"敛迹"和"缄默"更是让整首诗歌具有了流动之美。诗歌最后一句中的"你"是歌德眼中的自己，强烈的主观感情色彩使得"稍待你也安息"有别于诗歌的上文。从诗歌的整体结构和思想情感上论，最末一句是《浪游者的夜歌》的诗眼，是歌德此前景物描写的根本和归宿。将要安息的"你"不是风景但却胜似风景，与前文诗人所描写的自然现象就命运来说并无二致。

诗歌表现出了歌德对自然的敬畏之心。人的主观能动性让人有别于纯粹的自然，但是，人的主观能动性却还是要随着生命的终结而归于自然，与沉寂的群峰、敛迹的微风和缄默的栖鸟为伴。这是一种超然的对待生死的态度，超然的态度并非故弄玄虚，它来自一种实实在在的生活总结和感悟。歌德的豁达并不纯粹，对于一个承认人的力量与意志的诗人来说，不可避免的死亡总是令人心生伤感。歌德的伤感在《浪游者的夜歌》中不是悲天悯人，它被诗人巧妙地隐藏在对自然景色的吟咏中，乍看更像是一种洒脱和超然。本诗语言精练，深刻的哲学问题通过文学语言得到了深刻的阐释。冷峻与热情、不甘与无奈的复杂情绪和人与自然相克相生的辩证关系都尽显其中。

关于死亡，歌德在自己的诗歌作品中多有提及。概括地讲，歌德关于死亡的论述涉及的仅是死亡意识，与建立在尘世概念基础之上的人间生死少有关联。《浪游者的夜歌》也属于这样的类别，诗歌的题目"浪游者"对于本诗的主题确定意义重大，所谓"浪游"，既可指歌德在世界各地的漫无目的旅行，也可指诗人在尘世的精神流浪。歌德关于死亡意识的思考之前多是通过情感描写实现，无助和无奈作为诗歌抒情主人公的一般特征，常在向神倾诉和求助的过程中涉及生死问题。《浪游者的夜歌》打破常规，在论述死亡问题时罕见地没有与情感挂钩。即使是对于出现在诗歌中的道具——自然风景，歌德的处理方式也是尽力淡化它们的存在。从这一角度上看，《浪游者的夜歌》之所以在歌德的诗歌作品中独树一帜，令人过目难忘，与其摆脱喻体的束缚而直接让观念站出来说话的崭新写作方式有关。自然景色的淡化首先表现在其数量和类别的减少，其次，《浪游者的夜歌》中的抒情主人公和诗歌主题皆与自然景色没有逻辑关系。

《浪游者的夜歌》虽然反映的是歌德对待生死问题的超然态度，但是，歌德创作本诗的起因却与尘世生活与个人情感有关。作为一个诗人，歌德在诗歌中能够看淡生死，作为魏玛公国的肱股之臣，歌德却难以处理好日常的生活矛盾与纷争。以这两个方面去分析歌德创作《浪游者的夜歌》时的心态，分裂的性格和自相矛盾的思想意识清晰可见。研究结果表明，《浪游者的夜歌》和歌德在魏玛公国陷入复杂的人事纷争有关。初到魏玛公国，歌德诗人的性格与做事风格与他人格格不入，这直接导致了歌德工作阻碍和生活烦恼的发生。另外，歌德与夏洛蒂的情感纠葛让人对诗人的道德操守大加鞭笞，也给歌德的精神带来了巨大的压力。重压之下，初到魏玛公国的歌德曾经打算辞去这里的职务，继续到欧洲各地旅游和写作。《浪游者的夜歌》所表现出的看淡死亡的主题、情节和情感，从这一角度看与哲学意义上和宗教意义上的死亡并无关联。仅仅是通过歌德写作上的升华与升级，《浪游者的夜歌》才具有了普世的审美价值。按照这样的逻辑去阐释《浪游者的夜歌》，作品的艺术感染力并不会被消弱。相反，由于诗歌有了坚实的现实基础，人们更容易走进歌德的内心，更加近距离地与这位旷世奇才进行心灵的沟通。

歌德在《浪游者的夜歌》中表现出的厌世情绪虽然由尘世生活所致，但是却与诗人的精神世界和追求相通。《浪游者的夜歌》不是一般意义上的言志诗和抒情诗，从诗歌所揭示的主题来看，本诗更像是一首哲理诗。但是，歌德在实际的写作过程中其实也没有完全将之作为哲理诗对待，在诗歌的开头和结尾，无论是描写自然景色还是抒情主人公的心志，歌德都几乎是将之作为言志诗和抒情诗对待。支持这一结论的主要证据有很多，最有说服力的当属诗歌所表现出的诗人的哀怨和抱怨。毫无疑问，歌德在《浪游者的夜歌》中的所有描写都与其渴望被关注和被珍惜的诉求有关。这样的心理需求源自歌德在事业和爱情上的不顺，源自歌德容易受伤的敏感的自尊心。

创作《浪游者的夜歌》之时，歌德年仅26岁。以26岁的年龄，诗人本不应对生死有如此深刻的感悟。《浪游者的夜歌》的成功在很大程度上取决于歌德的预知能力，作为一个诗人，歌德从小就开始思索人生的意义和生命的秘密。关于预知能力，歌德在总结自己的诗剧《葛兹·封·贝利欣根》时曾经说过这样的话："我创作《葛兹·封·贝利欣根》时还是个22岁的小青年，10年后真惊讶我写的竟那么真实，谁都知道我不曾有过类似的经历和见闻，所以我必定是通过预感认识了复杂纷繁的人事情景。一般来说，在认识外部世界之前，我先只喜欢表现自己的内心世界……如果我长期等待，直到认识了世界才去表现它，那我写出来的就只能是对现实的戏拟……"歌德的总结虽然是为刻意强调文学的超现实意义，但是却在很大程度上道出了预知能力对于文学创作的决定性影响。26岁的歌德年纪尚轻，但他对死亡的理解却并不稚嫩。在歌德的内心深处，存在着一种超越现实的天赋，这种天赋能预判未来，能深刻揭示生命的内涵与价值。对于死亡，歌德并不恐惧。人和人类的生命作为自然的一个构成部分，最终一定会实现向自然的回归。《浪游者的夜歌》中的自然景观像是一位智慧老人，面对对天高歌的狂人，自然景观一直都在静静等待着他的回归。《浪游者的夜歌》让人相信，一切喧嚣都是暂时的，只有平静才属永恒。

为了一种神秘的氛围，歌德在《浪游者的夜歌》中并没有刻意强调俗世价值与审美的存在痕迹。诗歌中的"你"虽然是自然景色中的唯一（表现在主观能动性上）和对立，但对于整首诗歌的主题和情感来讲却并无冲突。"你"和诗歌中被提到的群峰、微风、栖鸟一样，也都是命运安排和布置的对象。所不同的是，诗中的"你"对于生死的感悟稍显迟钝，当群峰、微风和栖鸟都已经看透生死，诗中的"你"还在为俗世俗物忙碌，还在和命运进行着所谓的殊死的抗争。需要指出的是，歌德并不是一个颓废主义者，歌德的看淡生死，实际强调的是人在命运面前的无力。根据歌德的自然主义哲学理论主张，人在命运面前的无力主要是为表现对命运的尊重，并非要看低人和人类的力量。歌德的哲学从来都不缺少积极向上的正能量，这种正能量在《浪游者的夜歌》中反映为抒情主人公的悲戚和忧伤。在预知生命终将沉寂的结果后，抒情主人公的悲戚和忧伤就是不甘，就是另一种形式上的抗争。

在歌德的潜意识中，《浪游者的夜歌》首先是为魏玛大公而作。因为施政理念和措施不同，歌德和魏玛大公发生了争执。自信满满的诗人为此心灰意冷，一度产生了离开魏玛的打算。歌德在《浪游者的夜歌》中向魏玛大公暗示，作为一个浪游者，他因为各种误会而备受委屈，随时都有离开家族和政界纷争的可能。《浪游者的夜歌》也是为夏洛蒂而作。1776 年，歌德与夏洛蒂的地下情刚刚开始。种种资料表明，歌德在这一时期疯狂追求夏洛蒂，为达目的甚至毫不顾及自己的声誉。《浪游者的夜歌》中表现出的颓废情绪和洒脱态度都是歌德的暗示，时刻提醒着夏洛蒂注意自己的存在。诗歌完成后，歌德即刻派人将之送给夏洛蒂阅读，殷殷之情由此可见一斑。

《浪游者的夜歌》并非歌德写给魏玛大公的绝交信。有基于此，歌德在诗中的情绪并未失控和失态。在歌德所有的叙述中，诗人对生活的抱怨都以其对生活的热爱和留恋为前提。对于那已经归于沉寂的群山、微风、栖鸟，歌德的态度并非向往。诗歌模棱两可的叙事风格和描写暗示，歌德对魏玛大公并未失去完全的信心，对夏洛蒂的情感虽颇受众人议论，但却并未完结。与之前德国"狂飙突进运动"时期的歌德相比，现今的诗人正从情感诗人向理性诗人过渡。

凭借着歌德看似矛盾的人生观，《浪游者的夜歌》揭示了人类看待生命与死亡过程中国极为复杂的思想与情感。一方面，歌德无惧死亡，一方面，歌德珍惜生命。

大致从《浪游者的夜歌》开始，歌德的写作风格开始发生明显的改变。诗歌的思想更加深邃，情感也更加委婉。黑格尔对歌德的这种转变持积极的欢迎态度，他撰文称赞歌德，认为歌德的这种以理性的眼光去观察和反映人们内心热情的写作方法符合文艺创作的基本规律，符合人们对艺术作品的欣赏习惯，具有广阔的前途。

歌德注意经验总结，在之后的创作中更加强调精神追求与物质生活描写之间的平衡，让理性之光在作品中益发熠熠生辉。为了实现自己的目的，歌德首先淡化作品中"我"的身影，给客观存在以更多和更大的话语权。以《浪游者的夜歌》为例，诗歌作品中的"我"几乎完全隐身，即使出现，也是以客观存在为视角，并无歌德早期作品中"我"的霸气。"我"在《浪游者的夜歌》中虽然是叙述的重点，但作为艺术形象，"我"却是一个地地道道的小角色。歌德的实验强调客观存在的重要性，努力忽略和淡化主观元素的作用，带有明显的现代主义色彩。可以得出这样的结论，《浪游者的夜歌》中存在的魔性并非仅是歌德持有的对待生死的超然态度所致，诗歌所采用的纯粹的客观叙事态度和风格也是《浪游者的夜歌》具有魔性的重要因素。歌德的冷峻与冷漠并非歌德的品质和性格中固有的内容，歌德的冷峻和冷漠仅是一种艺术创作方法的需要。在一种全新的叙事模式下，通过对诗歌主题、内容与情感的阐释，歌德完成了传世之作《浪游者的夜歌》的创作。本诗发表后受到了社会各界人士的热烈欢迎和赞美，人们竞相传阅和诵读，一致叹服于歌德的诗歌天赋，对他在魏玛公国的种种行径也有了更多和更深的理解。

客观叙述模式虽然突出了诗歌的理性元素，情感元素却并没有因此受到伤害。不仅如此，在很多时候，情感由于被理性"包裹"反而显得更加炙热。艾克曼对此深有同感，他在品论歌德之后创作的诗歌《玛丽恩巴德悲歌》时这样说："我大体上感觉到了贯穿全诗的特点，那就是青春期的最炽热的爱情，因受睿智老年高尚德行的节制而趋于平和。此外我还觉得，此处所表达的情感比歌德其他诗里曾出现过的都要强烈。"艾克曼作为歌德多年的生活和工作秘书，对于歌德的这种变化最为敏感，他的评论概括了歌德中年（26-31岁）之后诗歌创作的特点，对于人们研究诗人诗风的改变具有极强的指导意义。《玛丽恩巴德悲歌》是歌德《爱欲三部曲》组诗中的第2首，诗歌完成于1823年，此时的歌德已经74岁高龄。《玛丽恩巴德悲歌》记的是74岁的老诗人在温泉疗养时狂热地爱上了19岁的少女乌尔丽克·莱维佐夫，因而承受了失恋的痛苦和断念的考验。艾克曼对《玛丽恩巴德悲歌》的评价对于《浪游者的夜歌》同样适用，正是从创作《浪游者的夜歌》开始，歌德的诗风才开始由感性向理性转变。

《浪游者的夜歌》是歌德文学创作过程中具有里程碑价值和意义的诗篇。以《浪游者的夜歌》为标志，歌德实现了完全的自我突破，在政治、社会和艺术创作方面都逐渐走向了全面的成熟。

20. 歌德《我的女神》中的"理性爱情"

"理性爱情"专门针对歌德及其诗歌而言，并非一个专业词汇。歌德看重感觉，一生曾经有过难以计数的爱情经历。歌德创作的诗歌多与爱情有关，即使是那些谈论哲学和宗教观点的诗歌，人们在其中也多能轻易找到人类永恒情感的影子。但是，歌德对于爱情却不会像拜伦、普希金那样去全身心地投入，作为一个传统保守的诗人，歌德的爱情经历和结果常常被爱情之外的元素左右。歌德虽然痴迷爱情，但他的情感却难以维系持久。一般来说，3 年左右的时间已足以让歌德产生移情别恋之心和审美疲劳。歌德并非没有持续时间较长的爱情，与魏玛公国的女官夏洛蒂·斯坦因夫人的交往即为其中的一例。根据一般的研究结论，歌德与夏洛蒂的婚外情持续了 10 年之久。但这仅是一个大致的算法，结论所依据的事实也仅是歌德与夏洛蒂的通信和部分模棱两可的诗歌。事实上，歌德与夏洛蒂在结识后的第 5 年，二人的关系就开始转凉。1780 年创作的诗歌《我的女神》虽然是一首专门为夏洛蒂而写的爱情诗，里面也包含有丰富的诗人情感，但是，透过文字的表面，人们依然能够感觉到在歌德心中渐已熄灭的爱情之火。歌德的情感在《我的女神》中已经开始由纯粹的感性向复杂的理性回归，他所表达和赞美的爱情随之也已经成为一种"理性爱情"。

　　　哪一位神最该被赞美？我不跟任何人争论，
　　我只知我要赞美的是永远变动的、永远新颖的、
　　　朱庇特的最奇妙的女儿，他的掌上明珠。
　　　　朱庇特非常钟爱这个傻姑娘，
　　　他因此把通常只属于自己的一切幻想
　　　　全给了她，使她成为了幻想女神。

在诗歌的开头，歌德将赞美和颂扬直接送给了夏洛蒂。夏洛蒂之所以值得赞美，主要的理由有两个，第一是因为她是朱庇特最奇妙和最钟爱的女儿，第二是因为她自己已是一位幻想女神。朱庇特女儿的身份暗喻夏洛蒂高贵的出身，幻想女神的身份暗喻夏洛蒂显赫的社会地位和丰富的思想和情感内涵。不排除歌德在这里将夏洛蒂比喻成幻想女神还有其他含义，根据诗歌上文所说的"永远变动"和"永远新颖"，歌德在这里极有可能是在描述和记录夏洛蒂性格和行为的多变。多变的性格和行为让人常看常新，但同时却也会令人眼花缭乱，难以捉摸。

诗歌采用第一人称的叙述方式，抒情主人公就是作者本人。有基于此，诗歌中对幻想女神的称谓"傻姑娘"带有极为丰富的个人情感。诗歌作者除了在诗歌中以第一人称形式"我"和"我们"直接出现，朱庇特在一定意义上也是诗歌作者的化身。幻想女神身上的所有对未来抱有的幻想皆是朱庇特，也即诗人所赐，离开了他们的滋养，幻想女神将失去所有的光芒。

本段诗歌反映了歌德对夏洛蒂怀有爱情的微妙变化。一方面，歌德依然深爱着夏洛蒂，将她比喻成最值得赞美的女神，但同时，歌德却并没有将夏洛蒂看成是高高在上的仅可仰视的女神，在歌德的眼里，此时的夏洛蒂和他有着同样的，甚至是低于自己的爱情地位。

一般的研究结论认为，歌德与夏洛蒂的结识提升了前者的创作水准和思想深度，使诗人由一个"狂飙突进运动"的擎大旗者转变为德国古典主义的文学大师。但是，歌德自己对此却不以为然。在《致女神》中，歌德将自己看成是朱庇特，将夏洛蒂看成是朱庇特的女儿。通过这样的暗喻，歌德指出他与夏洛蒂的结识实际提升的是夏洛蒂的水平和档次。歌德的认识与结论虽然与一般的研究结论相悖，但是，作为直接的当事者，歌德这样的描述也许包含有只属于他自己的理由和苦衷。之前的研究结论过于强调夏洛蒂对歌德的帮助和影响，实际上，如果缺少了歌德自己的思考和顿悟，歌德文学家和诗人身份的改变也许根本就无从谈起。

作为艺术作品，《致女神》所有的描述不可能与现实生活形成完全的对等和呼应。朱庇特和幻想女神在诗歌中的作用绝非如此简单，在他们的身上还寄托着诗人无尽的幻想和情感。作为诗人倾慕的对象，朱庇特和幻想女神一起赋予了歌德所沉迷的俗世爱情以神性的光芒。

> 她可以带蔷薇花冠，手持百合花茎，
> 走进百花之幽谷，指挥蝴蝶，
> 用蜜蜂之吻 从花间吸啜 滋养的露水，
> 或者她可以 披着秀发，露着忧郁的眼光，
> 绕着岩壁，随风呼啸，向晨昏那样
> 彩色纷繁，向月光那样 变幻无定，像凡人现身。

作为一首爱情诗，歌德在这个段落对夏洛蒂的赞美依然带有感性和理性两种特征。歌德对夏洛蒂的爱毋庸置疑，通过有意模糊夏洛蒂和幻想女神之间的界限，歌德表达出了自己浓浓的爱意。但是，歌德对夏洛蒂的赞美却并非完美无瑕。在本段诗歌中，歌德尽管将夏洛蒂暗喻为幻想女神，但对她的描述却带有明显的套路和程式化痕迹。夏洛蒂头戴蔷薇花冠和手持百合花茎在幽谷指挥蝴蝶的描写，还有她用蜜蜂之吻从花间吸啜露水的描写，最后直至她披着秀发以忧郁的眼光绕着岩壁随风呼啸的描写，实际都是诗人对罗马神话的照搬照抄，并不含有歌德自己的独特感受。与上一个段落中歌德所提到的傻姑娘相比，本段落中的幻想女神显得干瘪和没有生机。幻想女神夏洛蒂形象的呆板和凝滞暴露了歌德对自己女友的审美疲劳，在与夏洛蒂结识 4 年之久后，诗人歌德在现实生活中开始更多地选择逃避。歌德在这一时期写给夏洛蒂的诗歌虽然依旧有爱，但却难以保持住炽热的温度。与以往诗人擅长描写的激情诗相比，《致女神》更像是一首应景之作。诗中提到的情感美则美矣，但却总带有一丝来自诗人的凉意。在本段落的末尾，诗人感觉到了自己空洞描写的无力，尽力将夏洛蒂由一个纯粹的幻想女神变回到凡身。歌德的努力没有白费，经过这样的转折，诗歌中的爱情内容与情感瞬间变得立体和丰富了许多。

以诗歌的结构来论，《致女神》的这个段落是对上一个段落的阐释和注解。在歌德看来，诗歌对幻想女神冗长单调的描写并不枯燥，这是幻想女神"永远

变动"和"永远新颖"的最有力说明。有基于此，幻想女神头戴蔷薇花冠和手持百合花茎的画面属于两种情形和两种境界，与后面的其他装扮与动作一起构成了幻想女神的基本品质和特点。当然，在歌德的眼里，幻想女神夏洛蒂最大的"永远变化"和"永远新颖"主要体现在她由人到神和由神到人的自由转换，通过这样的描写，夏洛蒂兼具了神人的一切优点，不留痕迹地与《致女神》的创作初衷契合。

让我们大家 赞美天父！这位高贵的老者，
他要把这一位美貌、永不凋零的夫人
给尘世的凡人 结为伴侣！
因为他让她 只跟我们结离，这是天作之合，
他嘱咐她，不管哀乐，要白头偕老，不可背离。

歌德与夏洛蒂的爱情持续 4 年之后，夏洛蒂觉察到了歌德微妙的心理变化。意识到歌德的爱情难以为继，夏洛蒂于是开始抱怨。为了躲避夏洛蒂的感情纠缠，歌德数次选择到外地旅游。创作此诗 6 年之后，埋藏在歌德和夏洛蒂二人之间的矛盾迎来了整体性爆发。1786 年 9 月，歌德背起行囊，独自一人钻进马车，开始了他完全隐遁的两年意大利旅行。部分学者将歌德的意大利之行归结于诗人要进行自我完善和提高，这样的结论仅是要替歌德辩护，维持他高大的道德形象，与基本事实严重不符。实际上，歌德之所以选择不辞而别，就是为要躲避与夏洛蒂的正面冲突。政务繁杂、想要突破创作的瓶颈等皆是歌德躲避爱情纠缠的借口，不足以成为其意大利之行的主要原因。本段诗歌赞美和颂扬夏洛蒂的永恒之美，说她的美貌永不凋零。这样的描写一方面反映出歌德对夏洛蒂的真情，一方面却也暴露出了歌德的言不由衷。根据歌德与夏洛蒂之间暧昧关系的发展过程和最终结局，前者在 1780 年无论怎样强调后者的美貌永不凋零都显得做作和勉强。

本段诗歌对天父朱庇特的赞美建立在俗世理念与情感的基础之上，在这里，天父朱庇特就是一位高贵而慈祥的父亲，正亲自赐福给自己的女儿幻想女神。

歌德对朱庇特的赞美间接证明了他对夏洛蒂尚且怀有真情，与上文相比，这样的赞美更能反映出歌德的诚恳。

虽然当初的炽热情感已经消失，歌德依然对夏洛蒂怀有感恩之心。1776年，当歌德初到魏玛公国任职时，夏洛蒂的关心与帮助不仅让歌德很快融入了魏玛公国的贵族圈和文艺圈，而且医治好了歌德因为失恋而遭受的心灵创伤。将夏洛蒂比喻成幻想女神，这既是歌德的赞美，也是歌德的期望。通过这样的方式，歌德委婉地向夏洛蒂表达了永不背叛的忠心，夏洛蒂作为百变女神，会永远在他的心中占有一席之地。歌德希望证明，他对夏洛蒂怀有的情感不会改变，其中的理由除了主观因素，还有就是夏洛蒂自身的魅力。夏洛蒂的美不是静止不动的，随着时间的推移和空间的变化，夏洛蒂的美会展现出丰富多彩的形式，令人无暇旁顾。对夏洛蒂的赞美无论是否出自歌德的真心，都直接反映出了他的美学观点。从一定意义上说，拒绝观念束缚、追求不断变化和进步是歌德一生坚守的文艺观。可为这一结论提供的直接证据有歌德的意大利之行，有歌德从"狂飙突进运动"擎大旗者向德国古典主义文学大师的转变，有歌德关于艺术和文学的谈话，甚至还有歌德在爱情、友情上的"善变"。关于歌德的意大利之行以及意大利之行的文学成果《意大利游记》，学界一般认为这是歌德寻求改变自我的努力所致。凸凹在评论文章《读歌德〈意大利游记〉：醉人的文思在远方》中指出：歌德的"'出逃'本身绝非他追求的目的，真正的意图，是要摆脱繁琐的、千篇一律的行政事务和日常生活，在新异的环境下，发现'新我'，求得自身的拓展和完善，用他自己的话说，要自觉地进行'自我教育'"。

> 在这子姓蕃衍、生物聚居的地上，
> 　一切其他 可怜的物种 都在愚昧的享乐
> 和忧郁的痛苦中 流连逍遥，度过有限的
> 　蜉蝣生涯，在必然的 重轭下低头。
> 而他，却把他 最敏捷的、溺爱的女儿
> 赐予我们，多可喜！请亲切对待她，
> 　像对待爱人一样！在家中给她

主妇的地位！别让年老的

婆婆——智慧，伤害她的 温柔的心！

　　歌德虽然不承认欧洲的基督教会和他们的神学主张，但却相信神的力量是一种客观存在，为此，他一生都对精神世界心驰神往。在歌德的眼中，物质世界的价值并不体现在物质世界本身，它只体现在属灵的彼岸世界之中。由此可以看出，歌德对尘世的厌恶既是基于具体的俗事俗物，也是基于哲学意义上的价值观和方法论。歌德的抱怨和愤懑既具哲学意义，同时也建立在坚实的生活基础之上。实际上，歌德在这个段落里描述的一切"可怜的物种"都具有具象和抽象两种特征。往大处说，一切"可怜的物种"的"蜉蝣生涯"都是人类精神生活的对立，往小处说，一切"可怜的物种"的"蜉蝣生涯"则是指歌德在魏玛公国遇到的芸芸众生。芸芸众生的过错并不在于他们具体做了哪一件事情，他们的过错仅在于他们属于这个世界的多数人群。

　　蜉蝣不仅数量庞大，生存的时间且极其短暂。歌德在此将其与人相提并论，目的就是为突出庸俗人群的平庸和无聊。在蜉蝣一般的人群衬托下，朱庇特的精神和品质显得更加彰显和突出。物质世界虽然庸俗不堪，但朱庇特却并没有对人类失去最后的信心。在所有的生物都在"必然的重轭下低头"的时候，朱庇特却依然坚持把自己的女儿幻想女神赐给了人类。

　　面对幻想女神付出的爱和牺牲，歌德呼吁人类当应以亲切和善的态度作为回报。作为象征，年老的婆婆代表的智慧与幻想女神代表的激情形成了直接的对立。在与自己的秘书和朋友艾克曼的谈话中歌德多次强调，智慧虽然重要，人类却更加需要充满青春活力的个性和激情。在很多时候，智慧就是幻想的绊脚石。歌德要求给幻想女神以"主妇的地位"，对于年老的婆婆，歌德并没有给她任何的许诺。歌德相信，艺术的魅力和智慧等理性的东西没有直接的因果关系，艺术的魅力只存在于鲜活的青春的生命中。枯燥的观念不可能产生伟大的艺术，美存在于自然之内。关于艺术的特殊性与一般性，歌德曾经这样对艾克曼说："作家应该把握特殊，只要这个特殊是健康的东西，他就可以在特殊中表现一般。英国的历史非常适合用文学来表现，因为它是有为的、健康的，从而也是一般的和重复出现的。法国的历史则不然，它不适合于文学表现，因为仅仅是一个不会再出现的生活阶段。这个民族的文学已扎根在那个时代，就只能作为随着时间的推移而老化过时的特殊而存在……有多少定义好下啊！对现实情境有鲜活感受又能将它表现出来，就能成为作家。"

歌德这个段落的描写包含有两个方面的深意，第一层深意是要表现朱庇特精神信仰的伟大，第二层深意是要表现幻想女神的珍贵。对于多灾多难的尘世而言，朱庇特的恩赐是一种唯一，幻想女神的降临也是一种唯一。诗中的"我们"既指歌德本人，也指与歌德有共同理想与追求的人群。要给幻想女神以主妇的家庭地位，这样的描写更像是歌德对夏洛蒂所做的爱情和婚姻承诺，深藏有也许只有歌德和夏洛蒂才能明白的秘密。"请亲切对待她"既是歌德对夏洛蒂所说的情话，也是歌德的自言自语或者说是针对自己的告诫。在歌德的潜意识中，他应该已经意识到了自己情感的微妙变化，为了避免产生尴尬的错误，歌德在这里提前对自己发出了警告。

对于物质世界的庸俗，歌德尽管难以忍受，但却并没有表现出完全的拒绝。与诗歌中的歌德不同，现实生活中的歌德常常能够游刃有余地处理人际关系，表现出超强的交际能力。实际上，歌德对于物质世界，即使是在诗歌作品中也还是表现出了一定的忍耐力。和其他诗人例如普希金、拜伦等相比，歌德堪称优秀的外交家。歌德曾经建议艾克曼多与望族名流交往，认为这有助于后者认识社会和更好地在现实社会中立身。歌德的观点是，一个人要学会与不同的人打交道，只有这样，他才可以在以后的纷争中处于主动的位置。歌德责怪席勒的性格过于耿直，批评席勒不该拒绝魏玛大公许给他的巨额年薪，以至于后来不得不为了生计而拼命写作，其结果是既毁坏了自己的身体，又写出了许多粗制滥造的作品。对于拜伦，歌德虽然承认他的天赋，但对于拜伦为人处世的态度，歌德却一直都不赞同。歌德说，拜伦作为一个有钱的贵族，由于过于追求所谓的绝对自由，以至于得罪了许多本不应该得罪的人，最终害得他不仅在英国无法立足，就连整个欧洲，似乎也都对拜伦不怎么友善。到最后，拜伦成了一个孤家寡人，不得不违心地去了希腊前线，并最终在那里丢掉了性命。歌德关于席勒和拜伦的议论暴露了歌德的处世哲学，作为诗人，歌德的人生观、价值观在其作品中必然有所体现。具体到《致女神》这部作品，歌德的圆滑和妥协就是诗人所说的一切蜉蝣生物都会在生活的重轭下低头。歌德也许没有将自己归为蜉蝣生物的行列，这样的话，歌德就是继续将自己看成是朱庇特的化身，继续对自己的恋人夏洛蒂怀有赠予之恩。歌德也极有可能将自己归为蜉蝣生物的行列，这样的话，歌德就是在委婉地向夏洛蒂承认自己的无奈，潜意识中他已经选择了与俗世思想与观念妥协。歌德在《致女神》中的模棱两可的态度与描写反映了歌德内心思想与情感的矛盾与纠结，与诗人一生所持有的哲学观、宗教观、审美观别无二致。歌德想让夏洛蒂明白，他所有的思想和作为都是迫不得已，都是在生活的重压下的无可奈何的屈服与低头，而这一切皆不是他一个人的过错，这一结果的出现与形成与人类的整个错误相关。歌德的解释带有明显的狡辩色彩，与诗人热恋时写给夏洛蒂的诗歌相比，爱情的味道已经淡了许多。

在诗歌的世界里，歌德在精神王国和物质王国之间自由翱翔，来去自由。幻想女神和夏洛蒂合而为一，生动诠释着歌德关于美好爱情的理解与认识。歌德的处世哲学在今天已经引起了人们越来越多的质疑，最新研究成果指出，歌德并没有像别的艺术家那样以自己的生命去写诗和恋爱，他的所有的文学活动和成就皆带有浓郁的功利色彩。歌德的处世哲学虽然令人遗憾，歌德的文学成就却并没有因此受损。凭借矛盾的思想和纠结的情感，歌德扩大了自己文学作品的张力，在不同的时代和不同的人群皆有数量庞大的受众。

> 可是我认识她姊姊，较年长，较端庄，
> 我的沉静的女友：愿她等到我
> 生命之灯熄灭时 才离开我，
> 那位高贵的推动者、安慰者、
> 希望女神！

朱庇特在西方人的心目中既是万神之王，也是一位象征幸运、荣耀和快乐的神。罗马神话中流传最广和最多的与朱庇特相关的传说皆与爱情有关。长期以来，西方人通过祭拜朱庇特以祈求幸运的眷顾和无忧无虑的生活。朱庇特作为天界之神，和许多异性有过情史，所以近现代西方人常把朱庇特作为桃花运的象征。罗马神话的诞生远低于希腊神话，诸神之间的关系和故事或者由后人编纂而成，或者由希腊神话演变而来。歌德将幻想女神和希望女神皆视为朱庇特的女儿，所依靠的证据既有自己的理解，也有古希腊神话的传说。与幻想女神的多变和顽皮有别，希望女神的特点是端庄和稳重。在歌德的潜意识里，幻想女神的品质不足以概括夏洛蒂的全部优点，在她的身上，还存在有幻想女神的姐姐希望女神的神韵。在这个段落里，歌德的描写一改之前的含蓄与朦胧，开始直抒胸臆地表达自己的情感。夏洛蒂比歌德年长 7 岁，年龄差距让夏洛蒂在歌德面前更像是一位姐姐或者母亲，在与歌德的交往中呈现出一种沉静和稳重之美。歌德感受到了夏洛蒂的独特温柔与贤惠，将她看成是自己精神生活和文学活动中的 "安慰者"和"推动者"。歌德希望夏洛蒂能够陪伴他走完自己的人生之路，永远都做他精神和物质世界的希望之神。歌德的愿望既有真情，也有隐隐约约的担忧。根据歌德和夏洛蒂之间爱情关系的最终发展结果，歌德的祝愿也许更应该被称为一种无可奈何的或者说是言不由衷的保证。

由天到地，由幻想到希望，由神灵到凡人，歌德引领着人们在诗歌的王国中纵横驰骋着。诗歌的抒情主人公述说着委屈，表达着希望，做着五彩缤纷的梦。有人指责歌德的描写和叙述显得过于主观，缺少必要的客观元素。岂不知追求感觉、打压理性的方法正是歌德的诗歌魅力之所在。多项研究成果表明，歌德虽然重视艺术创作中的学习和实践，但对于诗人的天赋和预感却更是偏爱。歌德认为，如果人们"没有通过预感事先在心中装着世界，那将始终是个睁眼瞎子，一切的研究和体验都只会劳而无功，白费力气。"歌德以光和颜色为例强调了文学对主观意识的巨大依赖性，在歌德看来，光和包围着我们的颜色如果离开了人的眼睛就会荡然无存。正是凭借着预感和天赋，歌德才创作出了充满神性和理性之光的《我的女神》，才使得诗歌的描写和叙述没有成为现实世界的"模仿"和"再现"。

《我的女神》展现的爱情缺乏激情，与歌德的其他爱情诗相比，本诗更像是在阐释道理和解释原因。作为德国古典主义文学的代表人物，歌德的诗歌其实并不缺少感性元素，毕竟，年轻时期的歌德曾经是德国"狂飙突进运动"的擎大旗者。《我的女神》之所以理性主义泛滥，究其原因还在于歌德的思想和情感均在这一时期发生了微妙的变化。之前的研究者强调歌德的道德坚守，不愿触及歌德的感情背叛这一话题，这不仅不符合客观事实，而且不利于人们对歌德的诗歌作品做正确的解析。需要强调的是，《我的女神》中情感表达的淡漠仅是相对于歌德之前的热情而言，其中既包括歌德写给夏洛蒂的热恋诗，也包括歌德此前与此后创作的一系列感情真挚的爱情诗。无论是从哪一个角度来分析，《我的女神》中的抒情主人公都更像是一位温情脉脉的丈夫，而不是一位热恋中的青年。

21. 歌德笔下的"神人"和"人神"述描

——以《爱尔芬之歌》和《几滴神酒》为例

　　歌德心目中的神虽具有超能，但却有着和人一样的品质。同样的道理，歌德心目中的人虽有着诸多缺点，但却有着和神一样的追求。"神人合一"是歌德"泛神论"观点的一个具体体现，作为文学创作的宗旨和纲领，一直是歌德坚守的原则。本着这样的文学理念，歌德创作了传世之作《浮士德》，创作了数量庞大的脍炙人口的诗篇。在歌德的笔下，人是具有缺点的神，神是具有优点的人。"神人"和"人神"密集存在于歌德的文学作品中，形成了德国古典文学乃至欧洲经典文学中一道独特的风景。

　　歌德的诗歌善于描写"神人"和"人神"的艺术形象。一般来说，歌德的这类诗歌多以人为本体，神仅以神性或者精神的面目出现。换言之，歌德的"神人"和"人神"的主体是人，神仅是附属于主体之上的次要元素。《爱尔芬之歌》取材于北欧民间故事，诗歌的主人公爱尔芬是一个小妖，她白天遁身隐形，只在晚上的草地上跳舞：

　　　　　　当午夜时，世人刚刚睡去，
　　　　　　　月亮就向我们照耀，
　　　　　　　星星就向我们闪光；
　　　　　　我们才游荡歌唱、跳舞跳个欢畅。

　　　　　　当午夜时，世人刚刚睡去，
　　　　　　　在牧场上、柳荫旁，

　　　　　　　我们寻行乐的地方，

　　　　　去游荡、去歌唱、跳得像梦中一样。

　　《爱尔芬之歌》创作于歌德初到魏玛公国任职之时，作为一首委婉描写和表达爱情的诗，《爱尔芬之歌》无疑是歌德献给他此时正疯狂追求的夏洛蒂的诗。夏洛蒂作为魏玛公国的女官早已嫁人，年长歌德7岁的她为了顾及家族的声誉和她本人的颜面，不得已只能选择与歌德偷偷约会。歌德将夏洛蒂暗喻为美丽的小妖，一方面是基于生活的真实，一方面是为要突出夏洛蒂在魏玛的卓尔不群。在北欧民间故事中，爱尔芬圣洁高雅，一旦与尘世的庸俗之人和庸俗之事相遇，就会因此失去自己的听觉，变得又聋又哑。

　　《爱尔芬之歌》仅有两个段落，描写的主题和情感并无差异。诗歌以歌德和夏洛蒂的私会为暗线，以爱尔芬的神话传说为明线，巧妙地赞美了歌德与夏洛蒂爱情的美好。歌德描写他与夏洛蒂的爱情，最尴尬的问题当是横亘在二人之间的道德评价。作为一个有夫之妇，夏洛蒂为自己找不到任何背叛丈夫和家庭的理由。歌德的《爱尔芬之歌》巧妙地绕过了这一难题，在诗中，诗人主要从纯洁和美好入手讲述二人的爱情故事，稍微的突破也以略带自嘲的玩笑为界，丝毫不对爱情产生的原因和可能发生的结局做分析判断。受创作思想和框架结构所限，《爱尔芬之歌》只能算是一个诗歌小品，它极有可能是歌德的即兴之作，并不负有揭示思想内涵和情感奥秘的任务。

　　作为一篇神话题材的诗歌，《爱尔芬之歌》塑造了一个新颖的"神人"或者"人神"。和之前歌德所创作的同类艺术形象不同，《爱尔芬之歌》中的爱尔芬不再是以配角儿的身份出现在人们面前，从头至尾，这个来自北欧的小妖都是歌德主要描述和赞美的对象。

　　"神人"和"神人"既有神的精神，也有人的品性。作为人，爱尔芬的特点是顽皮和活泼。诗歌中每当夜深人静二人才出来唱歌跳舞的描写不仅反映了诗歌主题思想和情感的精神和宗教价值，而且具有浓郁的尘世色彩。透过这样的描写，一个顽皮与活泼的夏洛蒂形象已然跃然纸上。不可小觑歌德对夏洛蒂或者爱尔芬人性描写的重要性，正是凭借着这一方面的描写，《爱尔芬之歌》

中的"神人"或者"人神"的艺术形象才得以确立并获得巨大成功。

18 和 19 世纪的欧洲，诗人多以仙界和俗世之间的信使自居。通过"神人"或"人神"的艺术形象塑造，歌德圆满完成了自己所为一个诗人的任务。作为回报，歌德心目中最值得赞美和颂扬的夏洛蒂成了带有浓郁艺术气质和崇高精神追求的美人，歌德的爱情插足也因此摆脱了低级趣味和躲过了道德审判，在一瞬变得无比纯洁与美好起来。

《爱尔芬之歌》的描述并非皆来自生活，根据诗歌所揭示的思想与情感，歌德的创作灵感极有可能主要源自感觉。躲避世俗世界的爱情约会在诗人身上也许从未发生，所谓的爱尔芬在月光下的跳舞仅是出自歌德的相像。这样的创作手法对于歌德来说并不陌生，史料记载，诗歌《渔夫》就是歌德依照感觉而非实际生活经验而作。在与自己的秘书艾克曼的闲聊时，歌德承认《渔夫》并非来自直接的生活观察。歌德的创作冲动并非是要描述和记录一种生活现象，歌德的创作仅是为了描写"一种在夏日里引诱我们入水沐浴的快意"（歌德语）。

《几滴神酒》取材于古罗马神话传说，被赞美和颂扬的主人公是密涅娃——众神之神朱庇特的女儿，在天庭司掌艺术。《几滴神酒》的叙述建立在对密涅娃神话传说描述的框架上，歌德和抒情主人公的参与仅仅在细节上有所体现。在罗马神话中，密涅娃对普罗米修斯用泥土创造的人类十分友好，为了能使他们懂得艺术创造和艺术欣赏，她不顾父亲朱庇特的反对，偷偷将一满杯神酒带到了人间。据说，被普罗米修斯用泥土创造的人类只要喝了这杯神酒，就能够滋生出艺术的灵性和智慧。《几滴神酒》讲述的就是这样一个故事：

> 当初密涅娃，为了爱护她的宠儿普罗米修斯，
> 　拿了满满的一杯神酒，从天而降，
> 　来到人间，造福他所创造的人类，
> 并把各种艺术的本能，吹进他们的心胸之中……
> 　她加快脚步，急急忙忙，以防朱庇特看到她；
> 黄金的酒杯摇摇晃晃，不由落了几滴出来，落到绿油油的地上。
> 　蜜蜂于是跟了过来，十分起劲，拼命吸啜；

　　　　蝴蝶也急急忙忙赶来，它也抢到一滴神酒；
　　　连那奇形怪状的蜘蛛，也爬过来，用力吸饮。

　　《几滴神酒》的创作日期与《爱尔芬之歌》几乎相同，作为正在热恋着夏洛蒂的诗人，歌德的赞美和颂扬与夏洛蒂不无关联。诗歌的神性特征和人性特征决定了《几滴神酒》中艺术形象"神人"或"人神"的确立，从任何一个方面来论，《几滴神酒》都与《爱尔芬之歌》有异曲同工之妙。

　　需要指出的是，《几滴神酒》中除了密涅娃还有另外一个艺术形象普罗米修斯。普罗米修斯用泥土创造了人类的身体，密涅娃用神酒创造了人类的精神，二人共同完成了对人类的创造。歌德将自己暗喻为普罗米修斯，将夏洛蒂暗喻为密涅娃，以此赞美他与夏洛蒂之间的爱情足够纯洁和足够伟大。在歌德的笔下，"神人"和"人神"之间并无不可逾越的鸿沟。在本诗中，普罗米修斯与泥土有关，更能代表和象征"神人"的形象，密涅娃与神酒有关，更能代表和象征"人神"的形象。"神人"的中心词是人，"人神"的中心词是神，通过这样的区分，歌德一语双关地表达了对此岸世界的倚重和对彼岸世界的向往。

　　歌德的彼岸世界和欧洲传统唯心主义哲学所理解的彼岸世界有所不同，在歌德的彼岸世界之中，自然和自然存在占据着绝对核心的地位。正因为此，歌德才被公认为是欧洲著名的"泛神论"者。对精神世界的向往和对物质世界的倚重诠释了《几滴神酒》中神的思想与作为的动力源泉，在《几滴神酒》中，密涅娃和普罗米修斯善良热情，只有众神之神朱庇特顽固冷漠，在极力阻挠神人之间的交往与沟通。朱庇特的形象与行为暗喻欧洲腐化堕落的基层与高层的教会组织，作为一个曾经的天主教教徒，歌德将教会组织、教堂和神职人员等皆视为多余的存在。

　　近年来，有部分宗教问题研究专家和宗教神职人员将歌德视为虔诚的天主教徒。他们认为，在对神力的崇拜上，歌德其实和天主教徒有着惊人的相似度。的确如此，在《几滴神酒》中，保守的朱庇特几乎就是耶和华的化身，作为具有大能的神，他并不希望人类具有纯粹的艺术和纯美的精神追求。密涅娃和普罗米修斯不顾朱庇特的阻挠和威胁，冒着生命危险用泥土创造了人并且赋予他们以精神的生命，这样的描述与耶稣基督的传教经历极为相似，并非一个"泛神论"哲学观点就能将之完全解释清楚。

歌德将普罗米修斯和密涅娃视为一体，将朱庇特视为他们的对立。歌德这样的描写一方面是要突出他与夏洛蒂所面临的敌对势力的强大，同时也含蓄赞美了二人之间爱情的甜蜜与美好。面对严峻的挑战，歌德与夏洛蒂毫不畏惧，以乐观主义精神和少男少女的幽默与顽皮克服了重重困难，并最终实现了完美的结合。诗歌的乐观主义精神和少男少女的幽默与顽皮体现在歌德对密涅娃洒落神酒的描述上，人们注意到，密涅娃由于慌张而将几滴神酒洒落在草地之后，这个看似倒霉的姑娘不仅没有因此受到惩罚，反而扩大了艺术与精神的传播范围，让除了人类之外的其他动物如蜜蜂、蝴蝶和蜘蛛都由此受益，都由此受到了艺术熏陶。

《几滴神酒》释放的是情感，诠释的却是歌德关于艺术本质和艺术起源的理解。需要特别指出的是，与《诗与真》等论述艺术的专著不同，歌德在艺术作品中的观点常带有浓郁的主观感情色彩，作家个人生活的痕迹十分明显。以《几滴神酒》为例，歌德在这里关于艺术的认识过于强调其神授特征，而对于诗人一贯看重的人类的作用，诗人则根本没有涉及。歌德并没有改变自己的艺术观点，歌德这样做只是为要突出密涅娃，也即夏洛蒂的重要性和唯一性。当然，一首诗歌不可能全面阐释艺术的本质与来源，歌德重点描写和叙述的只能是艺术的一个特征或者艺术的某一方面的特征。

作为一名"泛神论"者，歌德心目中的神在一定程度上就是肩负人类神圣使命的人，而人在歌德的笔下也能成为具有超级能力的神。在《几滴神酒》中，无论是"人神"还是"神人"，本都应是歌德颂扬和赞美的对象。遗憾的是，限于篇幅和情感，歌德在此仅将像人一样的神当作描述的对象。好在在歌德的"人神"和"神人"之间并无不可逾越的障碍，通过字里行间，人们在《几滴神酒》中依然能够依稀感觉到二者的同在。蜜蜂的"拼命吸吮"、蝴蝶的争抢和蜘蛛的"用力吸饮"，都是歌德完整艺术主张的潜意识反映。

《爱尔芬之歌》和《几滴神酒》是歌德注重从民间文学汲取营养的直接证据，在一定程度上代表了歌德诗风的改变。在这两首诗歌中，歌德有意令抒情主人公在作品中隐身，思想和情感的表达主要靠客观事实和客观叙述完成。歌德的求变源自他对自然的认识，"泛神论"认为，神的意志就存在于大自然之内，虔诚的人类无须到遥远的彼岸世界去寻求答案。对自然的尊重直接促成了诗人诗风的改变，从这一时期开始，歌德更加注意表现诗歌的客观描写和客观情绪，不轻易在作品中直接表露自己的观点。但是，这样的尝试并不能完全使抒情主人公在作品中隐身，在客观事实的选择和描述上，作者的身影依然清晰可见。

歌德认为，民间传说和神话故事能够屏蔽作者的诉求，在《爱尔芬之歌》和《几滴神酒》中，歌德努力尝试将自己的这一设想变为现实。歌德寻求改变诗风的动力来自他对突破自己创作瓶颈的渴望，大量事实证明，歌德对他之前所获得的文学成就并不满意。歌德的试验并未获得完全的成功，毕竟，作为人的创造物，文学不可能从根本上将人的痕迹完全抹去。

密涅娃盗取神酒的神话故事从一个侧面揭示了歌德对于艺术本质的理解。歌德强调，人类的智慧和创造力由神所授，人类的作为仅仅能够表现在接受和吸纳的有限范围内。"人神"的本质是神，无论如何都会比本质是人的"神人"高明。天赋对一个人的影响要远比后天的学习重要，归根结底，人类能够从事的所谓艺术活动诸如绘画、雕刻、文学创作等都只是整个人类艺术活动的一个组成部分，不足以代表艺术的全部。艺术是神圣的，艺术的特征是超凡脱俗，因此，艺术和从事艺术创作的人都应从神的那里获取灵感："任何最高级的创造力，任何重大的发现、发明，任何能结出果实和产生影响的思想，都不在任何人的掌握之中，而是超乎于所有尘世力量之上。凡此种种，人只能看作是不期而遇的上天赐予，看作是纯粹的上帝的孩子，只能怀着感恩的喜悦去迎接他们，敬奉他们。这近乎于精灵的情况，它无比强大，想把人怎么样就怎么样，人无意识地受其摆布，却相信在自主行事。"

歌德的"天赋论"在评述他人文学创作活动时也有明显体现，对于与他同时期的著名诗人拜伦，歌德曾经这样议论："他这个人（拜伦）是灵感取代了思索……他……在创作中，一切来自于人的特别是心灵的东西，在他都很杰出……他是一位伟大的天才，一位天生的诗人；在我看来，没有任何人身上有它与生俱来的那么多作诗的天分。"对于自己创作上的成功，歌德也坦承天赋在其中所起的重要作用："我创作我那部《葛兹·冯·贝利欣根》时还是个22岁的小青年，10年后真惊讶我写得竟那么真实。谁都知道我不曾有过类似的经历和见闻，所以我必定是通过预感认识了复杂纷繁的人事情景。"歌德在这里所说的自己的预感，毫无疑问就是天赋。

对于艺术，歌德的观点历来充满矛盾与纠结。诗人一方面承认人的力量，一方面却又看重神的作用。单就艺术的表现来讲，歌德看重的是人的力量，单就艺术的灵感来讲，歌德看重的是神的作用。歌德将艺术分成了两个不同的组成部分，即艺术的本质和艺术的源泉，人类善于实现的是前者，而神善于完成的则是后者。歌德关于艺术的看法很难说是割裂开了艺术的内在联系，歌德关于艺术的独特思考实际上帮助他完成了无以计数的诗歌精品。在歌德传世的2500余首诗歌作品中，精品诗歌都与诗人在尘世和仙界之间的摇摆有关。《几滴神酒》从表面看仅是一首讲述神话传说的诗歌，但实际上，这首诗歌描述的却是人类的物质和精神两个世界。精神世界的主人公是密涅娃，物质世界的主人公是夏洛蒂，两个人物之间的沟通与交流通过赠予与接受的情节得以实现。人类的力量除了直接体现在蜜蜂、蝴蝶和蜘蛛的拼命吸吮过程中，还间接体现在密涅娃的偷运神酒的过程中。在歌德的笔下，"神人"和"人神"之间并无不可逾越的障碍，人有神性，神有人性构成了歌德诗歌创作的一个显著特点。无论是在年轻的时候，还是在其步入中年和老年之后，歌德都没有因为诗风的不同而去否定现实生活对艺术创作的影响。与此同时，歌德更没有忘记强调天赋在其中所起的作用。《几滴神酒》有助于加深人们的这一印象，而这一印象则有助于人们对歌德进行全面的了解。在《几滴神酒》中，密涅娃躲避父亲朱庇特眼光的描写让整首诗歌的抽象主题瞬间具象化，歌德关于艺术来源的解释亦不再枯燥无趣。密涅娃心急手慌、摇摇晃晃、情急之下将黄金酒杯中的神酒滴洒到了绿油油的草地之上，这样的描写使得密涅娃俨然成了一个顽皮少女，整首诗歌亦因此显得温馨起来。

在18世纪和19世纪的欧洲文坛，不少的文学家和诗人都梦想成为一个画家。歌德为了实现自己的画家梦，还曾经专门到意大利去拜师学艺。高深的画工让歌德的诗歌具有了优美而逼真的画面感，在《几滴神酒》中，歌德用诗歌的手法为我们画了一幅不仅画境优美，而且思想深刻、色彩搭配绚丽的画。作为一个"泛神论"者，歌德相信世间万物皆有灵性。不只是蜜蜂和蝴蝶这些被人们公认为漂亮的物种，就连模样丑陋的蜘蛛和不起眼的小动物，他们也都因为尝到了神酒而具有了和人类"分享最佳的幸福——艺术"的本领。歌德陶醉于自然美景，对于抽象的观念向无好感。歌德认为将活生生的美总结成干巴巴的概念是可笑的，艺术创作的任务是将概念变成形象而不是将形象变成概念。尘世所有的动植物都应该感谢偶然的幸运，如果密涅娃不因要躲避朱庇特的眼光而脚步慌乱，那么她碗中的神酒就有可能会被自私的人类独享。如果那样，青草、蜜蜂、蝴蝶、柔弱的小动物将不可能和人类一起获得灵性，整个大自然也会因此而失去绚丽的色彩。

22. 孤独的吟诵，坚定的寻求

——以《威廉·迈斯特的学习时代》之《琴师》为例

《威廉·迈斯特的学习时代》是歌德小说的巅峰之作，无论是思想内容和表现技巧，都远高于《少年维特之烦恼》。《威廉·迈斯特的学习时代》是一部反映和颂扬正能量的小说，身为商人之子的威廉·麦斯特不甘平庸寂寥的市民生活，希望通过艺术来改造社会。威廉·麦斯特的努力在遭遇了种种挫折之后得以完成，在结识了由开明贵族组成的高尚团体之后，他实现了自己的精神救赎。最终，在一个理想社会里，人与人之间实现了彻底的平等，人性亦得到了彻底释放，尘世所有的丑陋、愚昧与庸俗等现象荡然无存。

诗歌《琴师》出现在《威廉·迈斯特学习时代》的第 2 卷，第 13 章，由一名弹奏竖琴的老者所唱。根据小说的主题思想和结构安排，这名弹奏竖琴的老者就是歌德在小说中的化身。在小说中，弹奏竖琴的老者背着犯罪的包袱，在异国他乡流浪。威廉·迈斯特找到了这位老者，请他用歌曲描述自己的悲苦遭遇。弹奏竖琴的老者感于威廉·迈斯特的诚意，激情唱出了自己内心的孤独与寂寞，唱出了他对人生的总结与思考。老者的歌声对于威廉·迈斯特来说意义重大，帮助他

谁要是甘于忍受寂寞，就成为孤独的人；
人人在生活，人人在爱着，
谁来管他的烦闷。让我受痛苦熬煎！
我只要能有一天，度寂寞之生，
就不是孤独一人。就像情郎悄悄地窥视，

看女友是不是一人？我这孤独者也不分昼夜，

总有烦闷来侵寻，总有痛苦来纠缠。

唉，只要我有一天，寂寞地躺进荒坟，

痛苦才会跟我，永远离分。

孤独者虽然孤独，但孤独却并非人人皆能获得和体会。在歌德的潜意识中，孤独的另一意义就是死亡。孤独之所以不易获得，首要的原因就是人类在贪欲面前难以自拔，对奢华物质生活的无限度追求和渴望令其与孤独无法轻易结缘。孤独之所以不易获得的次要原因是活着的人难以品味到真正的孤独，孤独的真正意义只有经历了死亡的人才能懂得。可见，歌德对孤独的理解并非贬义，从一定意义上讲，歌德甚至是在赞美和颂扬孤独。诗歌对孤独的拒绝仅仅表现在物质层面上，并不包含任何的哲学意义。哲学意义的加入瞬间让孤独改变了含义，成为歌表现德丰富内心世界的独特手段。

琴师在歌德的笔下具有象征意义：琴师的孤独是歌德的孤独，琴师的琴弦只为精神和艺术歌唱。创作《琴师》之时，歌德已在魏玛公国任职。迫不得已的社交活动和不被理解的内心孤独让歌德对人生心生倦意，更加渴望灵魂和精神的自由。《威廉·迈斯特的学习时代》中作者所营造的理想社会，就是歌德这一强烈潜意识的直接反映。歌德幻想在人世实现自己的理想国，幻想在那里从事纯粹的艺术，但是，残酷的现实击碎了他的梦想，使他最终成为一个孤独的老者。

在《琴师》中，歌德将自己暗喻成琴师，同时，为了小说《威廉·迈斯特的学习时代》的需要，歌德却又赋予了琴师更多的超越他本人经历与思想的品质。从诗歌的角度看琴师，琴师就是歌德的化身，从小说的角度看琴师，琴师就是一位小说中人。歌德与琴师身影重叠，共同抵抗着物质社会的庸俗与肮脏。琴师的罪人身份既是歌德对自己前期生活的否定，也是歌德突出琴师或自己与庸俗物质社会格格不入的手段。

《琴师》中的琴师弹奏的音乐在歌德笔下具有极深的象征意义。在 18 和 19 世纪的欧洲，音乐被认为是人类与神之间沟通的桥梁，音乐家和诗人肩负着传达神旨和人欲的"神圣使命"。"神圣使命"在歌德的词典里既有抽象意义，也有具象价值，歌德一生都将完成"神圣使命"视为责任与义务。歌德之后的著名诗人里尔克继承歌德关于诗歌和音乐的思考，以音乐为媒介更加详细和具体地阐释了神与人类的关系，完成了空前绝后的诗歌《致俄尔普斯14行体组诗》和《杜伊诺哀歌》。《琴师》既然是一首论述人神关系的诗篇，就必然会触及人类对待生死的态度。歌德在《琴师》中关于生死问题的讨论主要涉及的是人类的死，周国平在他的《作为教育家的叔本华》第三节中这样诠释了歌德的孤独："有一位老练的外交官，他和歌德只是匆匆见过一面，交谈过几句，便对他的朋友说：Voila un homme, qui a eu de grans chagrins！——歌德把这话译成了德语：这也是一个历经磨难的人！'他补充说：'既然我们所克服的苦难和所从事的工作的痕迹未能在我们的面容上消失，那么，我们和我们的努力所剩有的一切都带着这痕迹，就并不奇怪了。'而这就是歌德，我们的文化市侩们却把他说成最幸福的德国人，以此证明一个人即使置身于他们之中也仍然可以是幸福的；言外之意是，谁若置身于他们之中感到不幸和孤独，就决不可原谅。他们由此甚至极其残酷地建立并在实践中解释一个教条：一切孤独中皆包含隐秘的罪恶。"歌德经历的孤独较之于一般天才所经历的孤独更加绝望和无助，正是在《琴师》中，歌德经历了孤独和被误解的双重折磨。诗歌最后说的痛苦只有在歌德躺进坟墓后才会与他分离，既有本诗的沉重主题，也有本诗主题之外的另一种情绪——无助与无奈。

歌德之所以被认定为一个幸福的人，在很大程度上缘于他对世俗生活的肯定与赞扬的态度上。歌德曾经说过："人不能孤独地生活，他需要社会。"对于这句话所包含的内容，人们的解释是：第一，人类的物质生活与社会实践之间有着千丝万缕的联系。第二，社会离不开个人，个人是社会的有机组成部分。第三，社会是人类生存和发展的基本条件。第四，社会是个人的精神和物质食粮。四个方面的内容似乎在印证着歌德与世俗社会的妥协，精神贵族歌德似乎也并没有拒绝与社会的合作。对于这样的认识，歌德在《琴师》中以这样的诗句予以了根本的否定："我这孤独者也不分昼夜，\ 总有烦闷来侵寻，总有痛苦来纠缠。\唉，只要我有一天，寂寞地躺进荒坟，\痛苦才会跟我，永远离分。"

歌德是孤独的，但我们似乎却没有必要为歌德的孤独而替他感到忧伤与悲哀。西方文化中的孤独与中国文化中的孤独虽然相似，但在本质上却有着许多不同。根据蒋勋先生的考证，西方文化中的孤独，其词根是太阳，唯一性是孤独的主要特征。中国文化中的孤独则常与不幸和灾难连在一起，孤独者常是人们怜悯和同情的对象。从这一角度讲，歌德在诗歌末尾所宣扬的孤独，既是与世俗社会的抗争，也是自己优良人品的表白。正是基于这样的理由，在诗歌的开头，诗人才会将孤独视为一种优点描写，指出只有甘于忍受寂寞的人，才能成为孤独的人。孤独人的孤独相对于世俗社会而存在，对于唯心主义者来说，世俗社会仅是一种虚假的存在，只有彼岸的精神世界才是永恒和真理。孤独者的孤独不是缘于对世俗社会的失望，而是缘于对世俗社会的鄙视。孤独者以所谓的崇高精神世界观照低微的物质世界，没有丝毫的可能体味到人世的快乐。歌德并非一个纯粹的主观唯心论者，实际上，他的"泛神论"哲学思想包含有丰富的唯物论内容。之所以在《琴师》中这样赞美孤独，歌德主要是为了以一种极端的方式表达自己对庸俗唯物主义的反感与反抗。生活在 18 世纪的歌德看到了以上帝为中心的西方哲学思想体系的坍塌，随之而来的以人为中心的新哲学思想体系的建立使得人们越来越重视物质享受，精神世界在人们的日常生活中越来越备受冷落。歌德不愿意看到精神世界在物质世界面前的溃退，毅然宣称他就是那个愿意永远成为孤独者的人，为此，他不惜承受最大的痛苦，直到走进坟墓。

《琴师》中的主人公性格色彩鲜明，每个人所持有的人生观和艺术观各不相同。琴师作为《威廉·迈斯特学习时代》中的一个人物，其真实身份就是歌德本人。琴师对威廉·迈斯特的教导与教育，就是歌德对人类社会的期望与期待。在《威廉·迈斯特学习时代》中，主人公威廉·迈斯特实现了自己的理想，找到了人类在尘世的终极幸福。在现实生活中，歌德却未能如威廉·迈斯特那样幸运。最终，诗人歌德带着诸多遗憾离开了这个令他又恨又爱的世界。

参考文献

[1] 贾娜尔编著，歌德与狂飙突进运动 [M]. 山东：山东科学技术出版社，2017.

[2] 歌德著，论德意志特性与艺术 [M]. 北京：人民文学出版社，1991.

[3] 袁志英著，歌德和他的妻子 [M]. 上海：上海书店出版社，2014.

[4] 高宣扬著，德国哲学通史 [M]. 上海：同济大学出版社，2007.

[5] 歌德著，绿原译，浮士德 [M]. 北京：人民文学出版社，2014.

[6] 艾克曼著，歌德谈艺录 [M]. 北京：人民文学出版社，2004.

[7] 赵勇、赵乾龙编著，歌德 [M]. 沈阳：辽海出版社，1998.

[8] 李大可著，天·地·人 [M]. 石家庄：河北人民出版社，1999.

[9] 周国平著，作为教育家的叔本华 [M]，南京：译林出版社，2014.